Rudolf von Gottschall

Moderne Rothäute

Rudolf von Gottschall

Moderne Rothäute

ISBN/EAN: 9783743439146

Hergestellt in Europa, USA, Kanada, Australien, Japan

Cover: Foto ©Andreas Hilbeck / pixelio.de

Manufactured and distributed by brebook publishing software (www.brebook.com)

Rudolf von Gottschall

Moderne Rothäute

MODERNE BIBLIOTHEK
INTERESSANTER
ROMANE UND NOVELLEN
BELIEBTER SCHRIFTSTELLER.

Den 1. Oktober.

Da bin ich eingerückt in's Hauptquartier, wo der Generalstab der Bildung, des Handels und der Industrie seinen Sitz genommen hat; ich bin in der Hauptstadt und ich fühle ordentlich, wie mir hier die Flügel wachsen.

In meinem Vaterstädtchen war doch alles so bescheiden und dürftig; die Menschen kannten sich alle und waren einander durchsichtig wie Glas. Reichtümer gab es nicht; der einzige Krösus des Ortes besaß nicht mehr als dreimalhunderttausend Mark; ich selbst mit meinem väterlichen Vermögen gehörte schon in die erste Reihe der Steuerzahler; man schämt sich hier, wenn man daran denkt, daß man dort zu den reichen Leuten gerechnet werden konnte. Es wächst der Mensch mit seinen großen Zwecken, sagt Schiller; aber er wächst auch mit seinen großen Mitteln, sage ich. Und das bei mir zuhause sind alles sehr kleine Leute, die auch nicht wachsen können, weil sie weder große Zwecke, noch große Mittel haben.

Mein Abiturientenexamen liegt hinter mir, ich habe es mit Glück bestanden; insofern mit Glück, als ich gerade durchgekommen bin. Es haperte sehr in der Mathematik und auch im Griechischen; denn in die höheren Gleichungen konnte ich mich so wenig finden, wie in die griechischen Accente. Im Lateinischen erinnerte mein Styl an den Ciceros; der große Redner hatte bei mir, wie bei uns allen, abgefärbt — und das sollte er ja! Nur machte ich bisweilen Fehler, die er sich nie hätte zu Schulden kommen lassen. Das Lateinisch war eben nicht meine Muttersprache.

Dagegen bekam ich eine glänzende Zensur im Deutschen: man rühmte meinen Styl und meine Gedanken, und da der deutsche Aufsatz den besten Maßstab für die allgemeine Bildung abgiebt, so hatte ich das Recht, mich für vorzugs= weise gebildet zu halten.

Eine Schwierigkeit war mir indeß beim Abiturienten= examen entgegengetreten: ich sollte die Laufbahn angeben, der ich mich widmen wollte, und darüber konnte ich, so oft ich mich auch mit meinem Mütterchen beriet, nicht ins Klare kommen. Aus verschiedenen Gründen waren wir bald darüber einig, daß ich ans Studieren, an einen Besuch der Universität nicht denken solle. Meine Mutter faßte nur das Nächste ins Auge; sie hatte Angst vor den Duellen, vor den Wunden und Nadeln, vor den Kommersen und Berauschungen und meinte vor allem, das Studieren koste sehr viel Geld, besonders denen, die etwas besäßen und viele seien auf der Universität mit ihrem ganzen Vermögen fertig geworden. Ich aber war weiterblickend wie Mama: ich sah den ausstudierten Mann vor mir; doch die Aussichten, welche die verschiedenen Fakultäten mir eröffneten, hatten für mich nichts Anziehendes. Und ehe ich wie Doktor Faust mit heißem Bemühen alle durchstudierte, wollte ich sie lieber von Hause aus alle beiseite lassen. Für die Theologie hatte ich keine Neigung; ich würde zwar vortreffliche Pre= digten gehalten haben, das stellten meine Aufsätze in sichere Aussicht, aber die Existenz erschien mir doch zu bescheiden und ich hatte außerdem allerlei ketzerische Gedanken, die sich mit den Bäffchen und Kragen schlecht vertrugen. Auch schien mir die Theologie mehr für die Armen an Geld und Geist geeignet; wer Geld hat, der will sich doch damit etwas verdienen und bei der Beschäftigung mit den heiligen Schriften kann man weder Kapital noch Zinsen vermehren; wer Geist hat, kann auch mit diesem Kapital weit besser wuchern, als wenn ers in der Bibel oder sonstigen fest= stehenden Satzungen anlegt, wo er doch nur nachbeten muß, was ihm vorgeschrieben ist. Ein Jurist ... o ja, hätte man gleich nach dem Abiturientenexamen Rechtsanwalt werden können; doch das entsetzliche corpus juris, in welches ich einige Blicke gethan, die mich mit Schaudern erfüllten, gar das kanonische Recht, die Examina, die Bureaustunden bei den Gerichten: das war nichts für mich! Ich hatte kein Gedächtnis für Dinge, die mich nicht interessieren und wäre bei den Prüfungen sicher durchgefallen. Für die Medizin aber hatte ich zu zarte Nerven und ein zu weiches Gemüt, das Malträtieren der Hunde, Katzen, Kaninchen und Frösche im Dienste der Wissenschaft, das Sezieren der Leichen, die Hilfsleistungen bei Schwerkranken und Sterbenden, das hatte für mich etwas durchaus Abstoßendes. Außerdem brauchen die Mediziner eine sichere Hand, und die besitze ich durchaus nicht; ich bin von großer Ungeschicklichkeit, wenn ich etwas anfassen muß und es geschieht gewöhnlich am verkehrten Ende. So blieb nur noch die Philosophie übrig, gewiß eine herrliche Wissenschaft, und ich hatte in meinen Mußestunden immer viel philosophiert und in meinen Aufsätzen hatten die Lehrer nicht nur gelegentlich Esprit, wie sie sagten, sondern auch einen emporstrebenden Geist entdeckt; aber es gab für solche Studien doch nur ein Fach, das Lehrerfach ... und wenn ich daran dachte, wie die Oberlehrer unseres Gymnasiums von uns behandelt wurden, so erfaßte mich ein gelindes Grauen vor diesem Beruf! Und dem Ideal der Männlichkeit, das mir vorschwebte, entsprach weder unser kleiner, krummer, stotternder Klassen= lehrer, noch der spindeldürre Mathematiker, dessen Gesicht aussah, wie eine Tafel mit Rechenexempeln, die halb ver= löscht waren, noch der Direktor selbst, ein schwerfälliger Herr von athletischer Form und großer geistiger Un= beholfenheit, der wie ein Nilpferd in den alten Klassikern herumplätscherte und uns das Wasser ins Gesicht spritzte. —

So war's denn nichts mit den vier Fakultäten, und meine Mutter und ich kamen zuletzt darin überein, daß ich nach der Hauptstadt wandern, mein Geld in gewinn= bringenden Unternehmungen anlegen und dabei meinen Scharfsinn und meine Arbeitskraft bethätigen solle.

Der Abschied von meinem Städtchen ist mir indes doch schwer geworden; es knüpfen sich so viele Kindheit= und Jugend=Erinnerungen an jeden Platz und jede Straße, an die Wäldchen und Felder ringsum. Als ich gestern Abend dort meinen letzten Spaziergang machte, wurde mir recht wehmütig zu Mute. Die alten Häuser winkten mir so freundlich zu; die Rathausuhr schlug so melancholisch die Viertelstunden und der Zeiger derselben, nach dem der Schüler so oft gesehen, ging so zögernd seinen Gang. Auf einem Dachfenster, hinter dem mein bester Freund wohnte, mit dem ich die Jahreszahlen der Geschichte zusammen repetiert, glühte die Abendsonne . . . wie oft hatte sie uns ins Freie gelockt, wenn wir die schmerzhafte Entdeckung machten, daß wir schon wieder vergessen, was wir Tags zuvor gelernt, und daß wir viele Könige lange vor ihren Todesjahren sterben ließen. Ach, es war doch so gleichgiltig, wann sie gestorben waren . . . kein Mensch fragte danach, außer der Schulrat . . . wir aber sahen das Ungenügende unseres Wissens und alles Wissens ein und sehnten uns nach der frischen, freien Luft draußen. —

Dann ging's auf die Chaussee hinaus, auf der ich gestern zum letzten Male wanderte. Nichts langweiliger, als eine solche Chaussee mit ihren Pappeln, die sich so gradlinig in die Ferne streckt. Und doch . . . was hab' ich hier von dieser Ferne geträumt! Ein paar Waldberge im Hintergrund, grün und bläulich angeflogen im Dufte des Sommers . . . das genügte, um in mir eine Sehnsucht zu wecken, der ich nicht Herr werden konnte. Wie schlug mein Herz . . . ein unbestimmtes Glück, eine glänzende Zukunft . . . das alles schimmerte mit dem Abendrot um die Waldhügel.

Und in der Nähe der Chaussee auf dem Hügel war ein kleiner Buschversteck . . . da lagerte ich mich gestern und sah auf die weite Wiese davor, auf der die Drachen der Kinder stiegen . . . und weiterhin auf den Exerzierplatz, wo die Helme blitzten und die einzige Schwadron des Städtchens Staub aufwühlte . . . und dann auf das trauliche Nest selbst, mit seinen Dächern und Dachreitern, Giebeln und Schornsteinen, die sich wie eine Herde um den Hirten, um den alten, dicken Kirchturm lagerten. Und dieser Kirchturm hat ja auch zu mir gesprochen . . . das letzte Mal, als sie meinen Vater ins Grab legten . . . es ist schon einige Jahre her, doch ich höre noch immer die Totenglocken läuten.

Und wie oft mußt' ich gestern Abschied nehmen. Im Chausseehause die gute Lise . . . sie erinnerte sich noch freundlich der Schneeballen, mit denen ich bisweilen ihr

goldenes Gelock einbalsamiert hatte. Weiterhin kam der
Pedell des Gymnasiums ... ein Schnauzbart; früher
Unteroffizier. Er drückte mir herzlich die Hand und ich
gedachte des besonderen Wohlwollens, mit dem er mich ein=
mal in den Karzer eskortiert hatte; dann fühlte er sich am
behaglichsten, im vollen Gefühl seiner Würde. Und links
am Fenster die Zwillinge vom Sylvesterball ... die Töchter
des Stadtrates ... die wir so oft mit einander ver=
wechselten. Eine wurde einmal aus Versehen geküßt, wo=
rüber die andere tief errötete. Und nebenan auf der Bank
vor dem Nachbarhäuschen, unter einer dickköpfigen Akazie
... da saß sie ja, meine liebe Bertha! Ich nahm noch
nicht Abschied; ich wußte ja, daß sie noch auf den Bahn=
hof kommen würde. Sie lächelte mich so freundlich an
wie immer ... es ist ein recht hübsches Mädchen; sie hat
so schalkhafte blaue Augen, dabei so üppige, dunkle Haare
... und da dies für eine Schönheit gilt, ich weiß zwar
nicht warum, so muß eben alle Welt sie dafür halten. Als
sie aufstand, um mich zu begrüßen, da bemerkte ich wieder,
wie schlank und elegant ihre Taille war, wie geschmeidig
ihre Bewegungen. Und daß sie klug ist, davon hat sie
mir in der langen Zeit, seit wir als Kinder mit einander
spielten, bis zu unseren letzten tiefsinnigen Unterhaltungen
über das Abiturientenexamen der Proben genug gegeben.
Sie teilte Freud und Leid, Hoffnung und Befürchtung ...
und ich bin überzeugt, daß ihr Herz klopfte, als sie den
dicken Schulrat in die Thür des Gymnasiums treten sah,
mit der böswilligen Absicht, die Schafe von den Böcken zu
sondern. Ach, zu welcher Sorte würde ich gehören ...
sie hatte gewiß den ganzen Tag keinen anderen Gedanken!
Und als ich nun heraustrat, im glücklichen Besitz jener
Grenznummer, hinter welcher sich der Abgrund aufthat,
der die unglücklichen Opfer verschlang ... als ich dieses
Examen bestanden hatte, da war ihre Freude so
groß, daß sie mir geradezu um den Hals fiel ... es war
zwar nicht ganz auf offener Straße, doch unten im Haus=
flur, und die Thür stand offen ... und wer vorüberging,
konnte es sehen ... ich fürchte sehr, der Schulrat selbst
ging vorüber, denn als ich wieder vor die Thüre trat, sah
ich ihn um die Ecke biegen, und er mochte wohl erstaunen

über die Wirkungen, die seine mit dem Ansehen des Staates ausgerüsteten Entscheidungen alsbald hervorriefen.

Mütterchen liebt Bertha . . . und würde es gern sehen, wenn wir ein Paar würden. Ich habe darüber meine eigenen Gedanken: das Mädchen, das man liebt, muß wie ein Wunder in unser Leben treten, lang ersehnt, lang geahnt; sie muß gleichsam etwas Funkelnagelneues für uns sein. Doch eine Jugendfreundin, die man auswendig kennt . . . es ist gewiß nicht das Rechte! Das ist Freundschaft, aber es fehlt der Zauber der Liebe, die Schwärmerei, die Sehnsucht! Man hört gleichsam nicht die Glöckchen der Feenkönigin läuten im Zauberwalde!

Und dann . . . ich träume mich oft in ein elegantes Boudoir . . . magischer Glanz ringsum . . . eine vornehme Schönheit, die mir ihr Herz schenkt! Welche Möglichkeiten schlummern im Schoße der Zukunft! Ein berauschendes Glück . . . man liest davon in Romanen; aber sie spiegeln ja meist nur die Wirklichkeit wieder.

Berthas Verhältnisse sind doch zu einfach . . . der Vater ein kleiner Beamter mit einer ziemlich großen Familie . . . es ist zwar rührend, wie sie für die Geschwister sorgt, Butterbrödchen schmiert, ganz wie Werthers Lotte . . . ihr Dachstübchen, mit den Rosenstöckchen am Fenster, hat etwas durchaus Anheimelndes . . . aber das beengt mir alles den Sinn . . . ich will hinaus ins Weite und ich denke mir, man muß ein ganz anderes Gefühl haben, wenn der Zauberstab der Liebe uns berührt.

Auf dem Bahnhof war Bertha natürlich zugegen . . . eine Thräne stand ihr im Auge, als wir uns trennten, und als ich mich aus dem Koupéfenster herausbog, sah ich sie noch lange mit dem Schnupftuch winken. Das gute Mädchen . . . ich wünsche ihr recht viel Glück im Leben . . . doch woher soll es ihr kommen? So ganz ohne Mitgift . . . die Welt ist einmal schlecht und sieht darauf. Vielleicht findet sich doch noch ein braver Mann, der nicht ihr Jugendfreund war und der die Glöckchen der Feenkönigin läuten hört, wenn er in ihrer Nähe ist. Mich soll es herzlich freuen!

Fort stürmte die Lokomotive und in ihren qualmenden Rauchwolken verschwand mein Geburtsstädtchen,

und nur der Giebel des alten Gymnasiums und der dicke
Kirchturm ragten darüber hervor, und ich machte einen
Strich unter das erste große Kapitel meines Lebens, meine
Schulzeit mit allen ihren lästigen, traurigen und zärtlichen
Erinnerungen und nahm mir vor, jetzt ein neues Leben zu
beginnen.

Den 2. Oktober.

Ich habe mir heute sogleich eine möblierte Wohnung
gemietet: Wohn= und Schlafzimmer nach der Hauptstraße
hinaus, elegant, geräumig und teuer. Meine Wirtin ist
eine noch ganz schmuck aussehende Witwe ... üppig und
lebenslustig, wie ich mir alle Witwen denke. Sie hat keine
Kinder und ist deshalb sorgenlos und bei guter Laune.
Kinder genieren beim Heiraten, auch wenn man sonst nichts
gegen ihre Existenz einwenden kann ... weil sie gleichsam,
um mich mit der Weisheit eines Primaners auszudrücken,
ein ὕστερον πρότερον sind ... und welche junge Witwe
wollte nicht wieder heiraten?

Ihr Mann war beim Steuerwesen angestellt gewesen;
ich sah noch seine Uniform mit einem grünen oder blauen
Kragen im Wandschrank des Korridors hängen, der mir
zur Mitbenutzung eingeräumt wurde.

Ich sah zum Fenster hinaus ... welches Leben und
Treiben! Reiter, Galaequipagen ... Uniformen jeder Art!
Wie tief die Herren hier und dort die Hüte zogen, mit wie
vornehmem Kopfnicken die Damen ihren Gruß erwiderten.
Wer doch in einem so zierlichen kleinen Koupé fahren und
dabei die schnaubenden Rosse lenken könnte, wie der graue
Herr dort mit den englischen Koteletten ... gewiß ein
Lord, der hier die Saison genießt. Dort reiten gar zwei
Damen mit ihren Kavalieren ... wohl Prinzessinnen?
Ich frage meine Wirtin, die mir eben ein Gabelfrühstück
bringt. Nein, es sind Kunstreiterinnen ... und der eine
Kavalier mit dem glattrasierten Gesicht ist der Klown des
Zirkus, derselbe, der abends immer gepufft wird und mit
einer unzerbrechlichen Hirnschale den Schlägen Trotz bietet,
die darauf niederregnen.

Gleichviel ... ich werde Reitstunde nehmen müssen
... wahrhaft vornehm ist man nur zu Pferde. Was für
die Damen der Salon, das ist für die Herren der Stall,

ich bedauere sehr, daß ich mit Zaum und Zügel, Sattel und Schabracke so wenig Bescheid weiß. Kavalier ist man nur durchs Pferd; man muß mit ihm verwachsen sein, wie die alten Centauren, über die ich glücklicherweise dem Schulrat Auskunft zu geben wußte; dann spielt man als Sportsman eine Rolle in der Gesellschaft.

Ich fühlte dies wohl, als ich über die Straße flanierte; solch' ein Reiter und eine Reiterin, das sieht doch ganz anders aus, so stattlich, so elegant! Da kam ja ein alter Offizier in unscheinbarem Mantel . . . wie ganz anders dort der Kavalier auf dem kourbettierenden Rappen . . . der alte Herr, dachte ich mir, thäte auch besser daran, seine Pension in unserem wohlfeilen Städtchen zu ver= zehren, wie viele pensionierte Rittmeister, als hier in der teuern Hauptstadt. Mich wunderte nur, wie die Soldaten alle vor ihm Front machten. Ich erfuhr nachher, daß es ein Feldmarschall sei . . . die sehen doch ganz anders aus auf unseren kolorierten Bilderbogen.

Vor dem Schaukasten eines Photographen blieb ich stehen . . . wie viel reizende Mädchenköpfe, eine wahre Schönheitsgallerie! Ich glaube, ich hätte mich in jede einzelne verlieben können. Neben mir stand eine junge Dame, die mir etwas passiert schien: sie sah bleich und verkommen aus, hatte rote Haare und rötliche Augenbrauen und Pockennarben im Gesicht. Sie schien das Bild der einen Grazie zu bewundern, das dort ausgestellt war. Als ich näher hinsah, erkannte ich die Züge wieder . . . mein Gott, es war ja diese Grazie selbst, nur nicht photographisch zurechtgemacht. Wie hatte der Künstler sie zum Verlieben retouchiert, noch mehr geschmeichelt, als dies der Pinsel des teuersten Portraitmalers zu thun vermöchte.

Ich ging in ein Kaffeehaus und war erstaunt über die Menge von Zeitungen und Journalen, die auf allen Tischen auslagen. Auch an den Wänden hingen diese geistigen Thaten in grauer Mappe zur Schau. Ich las die Leit= artikel in zwei Blättern, die gerade vor mir auf einem Stuhl lagen; der eine sagte das Gegenteil von dem, was der andere behauptete. Ich konnte mir keine Privatmeinung über die Frage bilden: wo soll da eine öffentliche Meinung herkommen. Und diese Menge Journale mit Bildern. Ich habe früher von Neu-Ruppin gering gedacht; jetzt imponiert es mir, denn fast alle Wochen- und Monatsblätter sind bei ihm in die Schule gegangen und haben von seinem Ruhm ihr Teil mit fortgenommen.

Abends ging ich in ein Weinhaus, eins von denen, wo man nach Taxe beköstigt wird; ich liebe einmal das Bier nicht, es macht einen schläfrig und ich bin überzeugt, daß durch das Biertrinken unser Volk um ein ganzes Tempo in seiner Entwickelung zurückgekommen ist.

Das Lokal war sehr gefüllt; ich setzte mich an einen großen, runden Tisch, an dem noch ein Plätzchen frei war. Auf dem Sofa thronte eine ansehnliche Persönlichkeit, welche das lebhafte Gespräch zu beherrschen schien. Der Mann hatte etwas Gebieterisches in seinem Wesen und eine bewundernswerte Sicherheit in seinen Aussprüchen. Er war groß und korpulent, hatte eine Glatze, um welche herum sich spärliche Büschel von rotem Haar zeigten; seine Nase war energisch und ein roter Schnurr- und Kinnbart gab ihm etwas Unerschrockenes. Er sprach mit vielem Humor, mit einer überlegenen Jovialität, welche bald diesen, bald jenen Tischnachbar gleichsam am Bart zupfte.

Ich konnte als guter Deutscher nicht umhin, diese Herren zu rubrizieren, wußte aber nicht recht, in welchem Fach ich sie unterbringen sollte. Beamte schienen es nicht zu sein; dazu erschienen sie mir zu ungebunden in ihrem Wesen; auch für solide Gewerbetreibende und Kaufleute hatten sie einen zu renommistischen Ton.

Auf der einen Seite des korpulenten Herrn saß eine dünne Gestalt mit spitzer Nase und einer blauen Brille; auf der andern ein kleiner, beweglich hin- und herfahrender Mann, welcher der quecksilberne Adjutant jenes Vorsitzenden war; denn er wurde von demselben wie eine Art Untergebener behandelt, bisweilen mit schnöder Herablassung als ein Kumpan, der mit ihm anstoßen durfte, bisweilen als ein Prügelknabe, der sich jeden Witz gefallen lassen und mit einstimmen mußte, wenn man auf seine Kosten lachte.

Als ich von dem Wirt in diese Tafelrunde eingeschoben wurde, bemerkte ich nicht, daß die Herren sich dadurch stören ließen; sie fuhren fort in ihren Gesprächen, als ob ich nicht anwesend wäre. Ich hörte aufmerksam zu denn es war viel die Rede von Handel und Verkehr, von Geldgeschäften jeder Art, und ich wünschte ja dringlich, in solche Kreise zu kommen, in denen ich darüber Wichtiges und Nützliches erfahren konnte.

Der rote Herr war übrigens in den Skat= und Kegelklubs zuhause, in einigen derselben Hauptwürdenträger, und das Gespräch ging oft auf diese Spielvergnügen über, wobei ich dann erfuhr, daß in allen diesen Klubs die größten Streitigkeiten herrschten. Der Dünne mit der blauen Brille befand sich bisweilen im feindlichen Lager und wagte gegen die Behauptung des roten Herrn oft einen Widerspruch, den er mit unangenehm kreischender Stimme äußerte.

„Sachte, sachte," versetzte dann der Rote begütigend, „nicht so gekollert, mein Truthähnchen, wir können das ja alles in Ruhe und Frieden erledigen;" doch der Dünne war einmal im Zug und beklagte sich über die Nichtein= berufung der Generalversammlung im Skatklub; über das eigenmächtige Vorgehen des Vorstandes; es bildeten sich auf einmal zwei Parteien am Tisch, die sich kampfgerüstet gegenüber traten.

So geht es in allen diesen Vereinen zu; es scheint, die Deutschen bilden sie nur, um sich bequem darin zanken zu können; man hat hier seinen Gegner gleich zur Hand, statt über die Straße hinüber, gleichsam ins Blaue, ihn anzu= schreien. In unserem Städtchen war's ja nicht anders; in allen diesen geselligen Kränzchen gab es zerbrochene Töpfe und man warf sich gegenseitig die Scherben an den Kopf.

Als ich so darüber nachdachte, ertönte die Stimme des roten Herrn zu mir herüber:

„Sie sind wohl fremd hier in der Stadt?"

Ich erschrak fast, denn ich hatte gar nicht mehr er= wartet, daß man von mir Notiz nehmen werde.

„Ich bin erst gestern hier angekommen!"

„Student?" fragte der Rote mit polizeimäßiger Kürze.

„Nein, ich habe zwar mein Abiturientenexamen ge= macht, doch ich gedenke nicht zu studieren."

Es trat eine kleine Pause ein, während welcher ich fühlte, wie mich die ganze Tischgesellschaft scharf ins Auge faßte.

Der Mann mit der blauen Brille meinte:

Es kommt auch nichts heraus beim Studieren; ich

hab' es bald aufgegeben; ich sagte: lieber ein freier Mann, als in dem abgesteckten, ausgebaggerten Fahrwasser zwischen den Tonnen hindurch, die den großen Fehler haben, daß sie nicht mit Wein gefüllt sind ... sonst allen Respekt vor solchen Tonnen."

Das Gespräch ging nun weiter seinen Weg. Dem roten Herrn hatte ich Unrecht gethan, er konnte sehr liebens= würdig, sehr jovial sein ... er hatte ganz das Wesen eines Biedermannes. Der ganze Kreis gefiel mir ... nur der Dünne mit der blauen Brille nicht; er hatte eine solche feine, spitze Spürnase, die überall herumzuwittern schien. Doch was kümmerte es mich? Ich hatte ja ein reines Gewissen und konnte von meiner Vergangenheit sprechen, ohne zu erröten und von meiner Zukunft, ohne Ge= heimnisse zu verraten. Ich machte kein Hehl daraus, daß ich für mein Vermögen eine gewinnbringende Kapitalanlage wünschte, und daß ich damit gern eine geschäftliche Thätig= keit verbinden möchte.

Man nahm diese Enthüllungen sehr gleichgiltig auf, da sie im Grunde doch für niemand Interesse hatten; nur meinte der Rote in seiner lustigen Weise:

„Nehmen Sie sich nur in acht, junger Mann, daß Sie nicht in unrechte Hände geraten; Sie sind gewisser= maßen bar Geld und darauf wird heutzutage von allen Seiten Jagd gemacht."

Nach dieser freundlichen Mahnung kümmerte man sich weiter nicht um mich; das Gespräch wandte sich andern Gegenständen zu, und erst beim Fortgehen kam der Rote noch einmal auf mich zu, schüttelte mir die Hand in seiner biedern Manier und sprach die Hoffnung aus, daß er mich bald einmal an dem Stammtische wiedersehen werde. Seinen Namen nannte er nicht, aber ich hörte, wie die andern ihn als Herrn Wägler anredeten.

Ich bin mit dem ersten Tage, den ich in der Resi= denz zubrachte, vollkommen zufrieden; neue Eindrücke, inter= essante Bekanntschaften! Es läßt sich alles gut an, und ich gebe mich der frohen Hoffnung hin, daß ich als junger Geschäftsmann Erfolg haben werde.

den 3. Oktober.

Es fängt schon an herbstlich zu werden im Stadt=

park... die Bäume nehmen allerlei bunte Farben an... das Jahr wird alt und putzt sich wie alternde Koketten mit einem grellen Schmuck. Ich mustere die Spaziergänger und Spaziergängerinnen; lauter Leute, die offenbar nichts zu thun haben; denn es ist Nachmittag und zwar an einem Wochentage; die Büreaus, die Läden, die Komtoire sind in voller Thätigkeit. Das imponiert mir ungemein, daß es in einer großen Stadt so viel Leute giebt, welche vollständig Herr ihrer Zeit sind.

Doch seh' ich recht? Da ist ja die pockennarbige Dame, die ich an dem Photographiekasten stehen sah... und neben ihr ein junges, ganz reizendes Geschöpf. Diese Schöne trägt noch einen Sommerhut, wohl deshalb, weil er ihr so allerliebst zu Gesichte steht... der runde Hut, die bunten Bänder daran, und das Gesichtchen hat ja ein so schelmisches Lächeln, und eine blonde Lockenflut quillt unter den breiten Huträndern hervor; sie hat einen so schwebenden, elastischen Gang... sie erinnert mich an die Gazelle, von welcher Mirza-Schaffy singt.

Ich saß auf einer Bank, als die Beiden vorüber gingen; ich folgte ihnen nach, in bescheidener Entfernung, und nur mit dem einen Gedanken beschäftigt, ob es mir nicht möglich sein werde, die Bekanntschaft dieser beiden Damen zu machen. Ich verwandte keinen Blick von ihren wehenden Bändern und Schleiern, ich beobachtete, daß die Taille der jüngeren Dame weit eleganter, ihre Figur stattlicher war, als die der Begleiterin. Was hätte ich darum gegeben, wenn ich in einer Gesellschaft mit ihnen zusammen gewesen wäre, wenn man mich ihnen vorgestellt hätte.

Indem ich so über entfernte Möglichkeiten brütete, hatte ich keinen Blick für das Nächste, ich stolperte und zwar über ein Wachtelhündchen, das mir zwischen den Füßen herumlief und dem ich selbst, ohne es zu wollen, auf die Pfoten trat. Das Hündchen stieß einige weit vernehmbare Schreckenslaute aus und, o Wunder, in diesem Augenblick drehten sich die beiden Damen um, kamen auf mich zu, aber keineswegs mit einer Miene, als wenn sie mir um den Hals fallen wollten, sondern in einer halb ängstlichen, halb grimmigen Aufregung. Die Jüngere rief das Hündchen beim Namen; ich glaube es hieß Lulu, nahm es dann auf die Arme und warf mir einen vorwurfsvollen Blick zu, da ich der einzige Schuldige sein mußte … die Promenade war leer ringsum.

Meine Lage war peinlich genug … immerhin verdankte ich es der Liebenswürdigkeit Lulus, daß ich den Damen näher treten konnte. Dieser Wunsch war erfüllt, wenn auch nicht in erwünschter Weise: es giebt Weiber, die zu Hyänen werden, wenn man ihnen auf die Kleiderschleppe oder ihrem Hündchen auf die Füße tritt; doch auch die sanfteste … und diese blonden sich so nachgiebig kräuselnden Locken deuteten auf ein sanftes Gemüt … können in Harnisch geraten bei solchen unliebsamen Zwischenfällen, und mir war's, als ob die großen, braunen Augen der jungen Dame einen grünlichen Schimmer annähmen, als sie dieselben dem Verbrecher zuwandte, der einem ihr teuren Wesen solchen Schmerz verursacht hatte. Lulu, den sie im Arm trug, winselte noch immer und gab so ihrem berechtigten Unwillen stets neue Nahrung. Die Begleiterin schien sich Lulus Mißgeschick weniger zu Herzen zu nehmen, sie hatte einen etwas mokanten Zug um die Lippen, als sie zu mir herüber sah, ebenfalls das Tierchen streichelnd; das glaubte sie wohl der Freundin schuldig zu sein.

Ich machte aus der Not eine Tugend und sagte: „Ich bitte um Entschuldigung … ich bemerkte das Tierchen nicht … ich war so sehr in den Anblick zweier hübschen Damen vertieft, die gerade an mir vorüber gegangen waren."

Ich war selbst erstaunt über diese galante Wendung, die mir meine Verlegenheit eingegeben hatte, denn ich bin in Galanterie gar nicht sehr geübt; doch in verzweiflungsvoller Lage entwickelt der Mensch oft ungeahnte Kräfte. Die Wirkung meiner Worte blieb nicht aus: die Schönen lächelten mich auf einmal freundlich an, die jüngste nicht ohne daß sich auch ein leiser Ausdruck des Schmerzes in das Lächeln mischte; denn Lulu winselte noch immer. Das stand ihr ganz reizend … Sonnenschein und Regen im Kampf … ich wurde selbst ganz weichmütig, als ich in ihre Züge sah.

„Es bedarf nicht der Entschuldigung, mein Herr, der kleine Lulu ist bisweilen so zerstreut, ich weiß nicht, woran er denkt … er konnte Ihnen ja aus dem Wege **gehen**.

Doch es thut nichts... sehen Sie, er beruhigt sich schon wieder ... er sieht mich schon wieder mit freundlichen Augen an." Und dabei karessierte sie das Hündchen in einer Weise, die fast meine Eifersucht erregte.

Es war begreiflich, daß ich mich beim Weitergehen den Damen anschloß, schon um mich über das Befinden des kleinen Patienten auf dem Laufenden zn erhalten. Dasselbe flößte mir weiter kein Bedenken ein: er konnte bald aus der hätschelnden Pflege entlassen und wieder auf die Straße gesetzt werden, wo er allerdings, bei seiner Zerstreutheit, wie es die reizende Blondine nannte, neuen Gefahren entgegen ging.

Unser Gespräch wurde allmählich lebhafter; besonders die Dame aus dem Photographiekasten beteiligte sich mit großer Geläufigkeit und einer erstaunlichen Wortfülle an der Unterhaltung. Die Blondine war stiller und sah sich öfter nach Lulu um. Ich vernahm, daß jene pockennarbige Schönheit der Bühne angehörte, eigentlich kein bestimmtes Rollenfach bekleidete, sondern eine Utilität sei. Mir war dieser Kunstausdruck fremd und sie mußte ihn mir erklären. Sie spielte alle Rollen, gleichviel, ob im Trauerspiel, im Lustspiel oder in der Posse, jung oder alt; sie habe sich schon mehrmals für die Direktion geopfert, indem sie komische Alte dargestellt. Es seien zwar nie die Hauptrollen, die ihr anvertraut würden; doch in diesen etwas vor sich zu bringen und Effekt zu machen, sei keine Kunst; da hätten die Dichter schon für alles gesorgt. Die zweiten Rollen ... das sei das Schwierige, das Verdienstliche. Man gebe einmal einer berühmten Künstlerin eine zweite Rolle; man lasse sie statt Donna Diana eine Prinzessin spielen; da werde man ja sehen, was dabei herauskommt; die gefeierte Gast= spielerin werde sich dabei vielleicht hölzerner benehmen, als irgend eine frisch von der Theaterschule bezogene Anfängerin. Das Publikum sei meist gleichgiltig gegen Utilitäten, aber für die Direktoren seien sie unschätzbar."

Mir war dies alles ganz neu und ich hatte kaum einen Blick hinter die Kulissen gethan, wenn einmal eine reisende Gesellschaft in unser Städtchen verschlagen worden war.

"Und Sie, mein Fräulein", sagte ich zu der andern jungen Dame, "gehören wohl auch der Bühne an?"

Statt ihrer antwortete mir die redefertige Begleiterin: „Sie will sich der Kunst widmen ... unter meiner Leitung ... sie studiert fleißig ... sie ist hübsch, wie Sie sehen, hat Talent und ich kann sie Ihnen schon unter ihrem Künstlernamen vorstellen: Fräulein Sophie Wendig." Ich verbeugte mich vor der künftigen Berühmtheit und hielt es für geboten, vor die Damen mit offenem Visir hinzutreten.

„Fridolin Rotpfennig", sagte ich mit etwas leiser Stimme, denn meines Vaters Name gefiel mir nicht sonderlich, und mein eigener ...

„Ein frommer Knecht war Fridolin", deklamierte alsbald die junge Blondine mit schalkhaftem Lächeln.

Das wars eben ... der fatale Gang nach dem Eisenhammer ... Fridolin ... das hatte etwas Kleinlautes, so Verschämtes, so knechtsmäßiges.

„Damit Sie aber auch wissen", fuhr jetzt die Blondine fort, ihr Köpfchen etwas zurückwerfend, mit einem Uebermut, den ich ihr gar nicht zugetraut, „wer meine Freundin und Lehrerin ist: sehen Sie hier diesen alten Eichenstamm vor den Pforten des Parkrestaurants ... er ist mit bunten Zetteln austapeziert ... hier sehen Sie auch den Theaterzettel und hier", fuhr sie fort, indem sie ihren rötlich schimmernden Sonnenschirm nahm und mit der Spitze auf einen Namen zeigte, „hier stelle ich Ihnen meine Freundin in Amt und Würden vor."

Ich las ... Fräulein Katharina Rebisch; dann aber fuhr der Sonnenschirm schalkhaft in grader Linie nach dem voranstehenden Personenverzeichnis. Eine Kammerzofe, las ich, nicht ohne eine gewisse Enttäuschung, denn ich hatte einer so geistreichen Dame doch zugetraut, daß sie Rollen spielte, die wenigstens von den Dichtern mit irgend einem Namen aus der Taufe gehoben worden waren.

„Sie sehen", sagte Sophie, „meine Freundin ist eine Utilität ... heute spielt sie eine ganz unscheinbare Anmelderolle, die sie aber durch eine gelegentliche Koketterie sehr zu heben weiß; dann aber ist sie wieder Königin, jeder Zoll eine Königin."

Wir waren in einer Parkstraße angekommen, wo sich

einzelne Villen und kleine Häuser ablösten. Vor dem Gitter=
thor eines Vorgartens blieb Sophie stehen . . . Lulu war
vorausgesprungen und kratzte bereits an den Stäben.

„Hier in der epheuumrankten Hütte hab' ich mein
Heim aufgeschlagen", sagte die Kunstnovize, „der erste Stock
mit seinen drei Fenstern Front wird von mir bewohnt;
doch ich wohne hier sehr einsiedlerisch und darf keine Besuche
empfangen."

„Das bedauere ich herzlich", sagte ich unerschrocken,
„ich hätte gern eine Bekanntschaft, die sich so freundlich
ankündigte, weiter gepflegt."

„Meine Freundin", versetzte Sophie, „ist nicht an
solche Rücksichten gebunden, wie ich es leider bin. Sie
wohnt nicht ganz in der Nähe, doch finden Sie ihre
Wohnung im Adreßbuch. Vielleicht fügt es der Zufall,
daß wir uns bei ihr einmal wiedersehen."

Katharina Rebisch erklärte, daß sie sich glücklich
schätzen würde, das heutige Gespräch mit mir fortsetzen zu
können; ihre Schülerin besuche sie oft; ich erkannte, daß
sie auch für ihre Freundin eine Utilität sei. Jetzt ver=
schwand sie mit ihr und Lulu bald in der Thür des von
Epheu umrankten Häuschens, und ich hatte Zeit, über die
Begegnung nachzudenken, die mich in eine gewisse Auf=
regung versetzte.

Ich hatte mich bisher nie mit jungen Damen unter=
halten, die so leicht und pikant zu sprechen wußten; bei
unseren Honoratiorentöchtern mußte man immer einige Hebe=
bäume ansetzen, um die Unterhaltung flott zu machen; hier
glitt sie so bequem und gefällig dahin, und es sprühten
hindurch Funken des Esprit, man wußte selbst nicht, woher
sie kamen. Und diese Blondine hatte außerdem etwas so
Sympathisches; sie war so harmlos, so unschuldig, bei aller
schalkhaften Munterkeit. Die Aermste! Beim Theater wird
sie trübe Erfahrungen machen; doch warum in aller Welt
will sie denn auch zur Bühne gehen? Ein hübsches Mädchen
kann ja heiraten.

In diese Gedanken versunken, kehrte ich zu der mit
allen möglichen Zetteln ausstaffierten Eiche zurück, die am
Eingang des Restaurantgartens Wache hielt und trat in
diesen selbst ein. Ich setzte mich an einen mit bunten

Herbstblättern bestreuten Tisch in einem Laubengang und sah die im Ganzen spärlichen Besucher vorüberziehen. Da kam ein junger Mann des Wegs, Arm in Arm mit einem älteren Herrn; ich erkannte meinen Freund Rolfs vom Gymnasium, der hierher gekommen, um die Universität zu besuchen und sich dem Studium der Rechte zu widmen. Er stellte mir seinen Vetter, den Buchdruckereibesitzer Kröber vor, und wir saßen alle drei bald im traulichen Gespräch beisammen. Die Kellner walteten ihres Amtes, und die Bierseidel lösten sich mit großer Geschwindigkeit ab.

Rolfs hatte bereits einen Blick in das Studentenleben gethan, obschon die meisten Mitglieder des Korps noch in den Ferien waren; er sprach mir sein Bedauern aus, daß ich auf den Genuß der akademischen Freiheit verzichten wollte, und malte mir in glänzenden Farben die Kommerse, die Umzüge, die Paukereien. Seine Züge belebten sich, seine Augen leuchteten, er klirrte dabei mit den Sporen; denn er hatte, um sich ein burschikoses Air zu geben, sich ein Paar klirrende Räder angeschnallt. Er werde sich freilich einschränken müssen und er sehe allerlei Unannehmlichkeiten mit der Familie voraus, wenn er die durchaus notwendigen Schulden machen werde; ich aber mit meinem Vermögen hätte alles mitmachen können, ohne die geringsten Gewissensbisse und ganz grandios; denn ein riesiger Wechsel und ein Gesicht voll Schmisse, das imponiere den Komilitonen am meisten.

Ich sah, wie mich bei diesen Worten der Buchdrucker Kröber fixierte; es war ein Mann mit einem lammfrommen Gesicht, ganz bartlos, mit semmelblondem Haar und ein Paar sehr scharfen, durchbohrenden grauen Augen. Er mochte etwa zehn Jahre älter sein als wir.

"Hier mein Vetter Kröber", sagte Rolfs, "hat es freilich auch verschmäht, akademische Studien zu machen; er ist gleich ins Geschäft seines Vaters eingetreten; ein tüchtiger Geschäftsmann; er hat, was man einen großen Blick nennt und würde mit seinen Unternehmungen diese vornehmen Buchdruckereibesitzer, die das Erbe an Gold und Ruf auspressen, was ihnen ihre Väter hinterließen, längst überflügelt haben, wenn ihm nur große Mittel zur Verfügung ständen. So macht mein guter Freund auf mich den Eindruck wie Tantalus, dem immer die saftigsten Früchte vor Augen schweben ... und er kann nicht zubeißen."

Kröbers Gesicht nahm einen tieftragischen Ausdruck an; er ließ die Unterlippe melancholisch hängen; eine semmelblonde Locke, die ihm über die Stirn ins Auge hing, ließ er ruhig gewähren; er machte den Eindruck jener sanften Geschöpfe, welche ahnen, daß sie zur Schlachtbank geführt werden.

Ich hatte ein Gefühl von Mitleid einem genialen Menschen gegenüber, der seine großartigen Entwürfe nicht ausführen konnte. Es ist wahr, Kröber sah nicht gerade genial aus; doch man hat's ja vielen großen Männern nicht angesehen, daß sie solche Leuchten der Menschheit waren. Jetzt begann mein Nachbar zu sprechen; er strich sich die blonde Locke von der Stirn und seine Augen nahmen einen stechenden Blick an.

„Es ist hier noch viel zu thun, viel zu verdienen; bei dem Schlendrian der großen Verleger, die gar keinen eigenen Gedanken haben, könnte man wohl auf einen grünen Zweig kommen, wenn man in der Lage wäre, geniale Pläne zu verwirklichen. Sehen Sie, ich habe hier in meiner Brieftasche zehn journalistische Unternehmungen aufgezeichnet, die den Unternehmer reich machen würden; doch ich kann das Risiko allein nicht tragen. Der Kessel muß tüchtig geheizt sein, wenn das Werk in Betrieb bleiben soll; ich brauche Geldkräfte, die mich unterstützen. Sehen Sie nur die beiden ersten Blätter; ich habe sie rot unterstrichen; sie versprechen den meisten Gewinn. Ein petit journal, welches alle Tage erscheint; alles klein: Format, Umfang, Druck, lauter Notizen von wenigen Zeilen; aber was für Notizen! Jede ein Epigramm mit einer Pointe ... Du verstehst mich, Rolfs! Nichts entgeht uns ... wir halten das Kleine und das Große fest; die Schmetterlinge werden aufgespießt und die Walfische harpuniert. Das Blatt muß brennen, wenn man's in die Hand nimmt, wie das Blatt einer Brennessel."

Rolfs schlug ein schallendes Gelächter auf und klirrte mit den Sporen; er hatte den Ehrgeiz, sich bemerkbar zu machen. Ich selbst sah die Welt damals im rosigen Licht und fand ein solches kleines Journal ganz charmant, ganz entzückend.

„Nummer zwei ist vielleicht noch vorzuziehen," fuhr Kröber fort; „das könnte man geradezu Brennesseln nennen: pikante Blätter mit Illustrationen. Das sollte einmal Aufsehen machen. Da lassen wir die ähnlichsten Gesichter zeichnen und malen; die frappantesten Unterschriften dazu. Was kümmert's uns, wenn die Leute sich über Skandal beklagen? Skandal... was wären die großen Zeitungen ohne Skandal? Die Parteien machen Skandal, die Parlamente ebenfalls; da passiert allerlei am Hof, in der höheren Gesellschaft; die Gelehrten zanken sich, die Mediziner, die Theologen, die Philologen; sind diese über eine Lesart verschiedener Ansicht, so sagen sie sich turmhohe Grobheiten; kurz, wenn man im Fahrwasser des Skandals fährt, wird man nie auf den Sand laufen. Ich dachte mir als Hauptinhalt die lokale Chronik, den Familienskandal; das reizt, das prickelt und man reißt sich das Blatt aus den Händen. Natürlich geht man vorsichtig zu Werke: man läßt die Geschichten in China und Japan spielen oder an den Nilquellen; eine durchsichtige Maske; da kann man uns nichts anhaben. Doch welchen Einfluß übt man dabei aus: die Presse verwaltet das Amt eines Sittenrichters, von welchem es keine Berufung mehr giebt; man fürchtet uns; man bessert sich, um nicht solchem Gericht in die Hände zu fallen. Unser Blatt vertritt die Stelle der Zensoren im alten Rom; wir setzen der Korruption einen Damm und machen uns um das Vaterland verdient."

Wie erhaben kam mir die Aufgabe vor, welche Kröber seinen Brennesseln zumaß; ich wäre fast neidisch darauf geworden, wenn mir nicht zur rechten Zeit eingefallen wäre, daß sie zunächst nur in seiner Brieftasche im Reich der Phantasie wucherten.

Da schlug Rolfs mit seiner Reitgerte, die er in der Hand hielt, an seine hohen Stiefel; er hatte einen klugen Gedanken.

„Wie wär's, Fridolin, wenn du zusammen mit meinem Vetter die Sache in die Hand nähmst? Du willst ja dein Geld in nutzbringenden Geschäften anlegen. Du giebst das Geld, er die Intelligenz... ich meine natürlich die buchhändlerische, geschäftsmäßige; denn das weiß ich ja, daß du sonst sehr gebildet bist. Deine deutschen Aufsätze ... famos! Ja, du könntest an dem Blatte auch mitarbeiten; denn du hast ganz gute Einfälle ... und darauf kommt es an!"

Kröber heftete seinen Blick fest auf mich; er wollte offenbar in meiner Seele lesen. Mir war zumute, als sähe ich eine in Goldlicht getauchte Zukunft vor mir ... ich konnte mich zunächst nicht fassen.

Jetzt erhob sich der Buchdruckereibesitzer, beugte sich über den Tisch zu mir herüber und verschlang mich mit seinen Blicken bei den folgenden Worten:

"Der Gewinn ist sicher, ganz sicher ... Sie können Ihr Kapital zu höheren Prozenten gar nicht anlegen; wir brauchen im Anfang nur einige Tausend Mark ... das Abonnement wird bald alles decken. Mitarbeiter und Zeichner habe ich zur Hand ... ich will Ihnen noch heute eine Berechnung aufsetzen. Ich habe schon Stoff ... hier in der Brieftasche ... köstliche Artikel und Bilder ... mit der ersten Nummer schon machen wir einen Schlag, der den Sieg entscheidet ... in kurzer Zeit sind wir beide gemachte Leute!"

Er stieß diese Sätze einzeln, fast in atemloser Hast hervor ... ich merkte, wie sehr ihm die Sache am Herzen lag ... und es war ja auch etwas überaus Wichtiges, das mich selbst in große Aufregung versetzte. Ich war noch so jung und sollte schon eine so bedeutende Rolle in der Welt spielen ... als Sittenrichter ... es stieg mir förmlich zu Kopf.

"Wenn Sie mich morgen besuchen wollen," fuhr Kröber fort, "ich werde Ihnen den fertigen Plan vorlegen ... Sie sollen sich selbst überzeugen ... wir werden rasch handelseinig werden und können bald ans Werk gehen. O ich habe noch ganz andere Pläne auf meiner Liste."

"Rolfs brachte mir seinen Rest und sagte dann, ich sei ein Glückskind, daß man mir dergleichen entgegenbringe ... ich solle nur zugreifen ... wenn er mein Vermögen hätte, da würde er schon hundert Schurken mit Brennesseln gepeitscht haben.

Ich war in einer gehobenen Stimmung ... ich weiß nicht, wie vielen Anteil daran die verschiedenen Gläser

Bock haben mochten, die ich im Eifer genossen hatte . . .
ich war ja kein Biertrinker; ich versprach meinen Besuch
für den morgenden Tag . . . ich ging träumerisch, wie mir
schien, mit etwas schweren Schritten durch die Parkanlagen
nach Hause . . . und erst nach einer mehrstündigen Ruhe
vermochte ich mich so weit zu sammeln, um diese Zeilen
niederzuschreiben und mir die Bedeutung des heutigen Tages
ganz klar zu machen.

Den 4. Oktober.

Ich habe eine schlummerlose Nacht hinter mir . . .
merkwürdige Träume suchten mich heim . . . ich sah einen
ganzen Urwald von riesigen Brennesseln vor mir . . . und
ich stand, eine Peitsche in der Hand, und jagte hüllenlose
Gestalten in den Wald . . . und ein Schreien und Jammern,
Stöhnen und Wehklagen ertönte aus demselben zu mir
herüber . . . doch ich blieb unerbittlich und immer neue
Opfer trieb ich in den Wald mit den stechenden, brennenden
Blättern . . . denn ich war der Richter, der das Laster strafte.

Ich stand mit etwas wüstem Kopf auf und machte
mich so bald wie möglich auf den Weg, um den Buch=
druckereibesitzer aufzusuchen. Ich hatte mir seine Adresse
aufgeschrieben und auch bald die Straße aufgefunden, in
der er wohnte; doch als ich die Häuserreihe herunterblickte,
sah ich nur lauter kleine, schmale Baulichkeiten . . . nirgends
einen größeren Bau, wie er mir vorschwebte, wenn ich mir
das Etablissement des Herrn Kröber ausmalte. Ich ging
die Häuser entlang, sah nach den Nummern . . . endlich
fand ich das Heim der künftigen „Brennesseln" . . . es
war ein altes, graues Haus, mit einer höflichen Neigung
nach vorn . . . einigen Fenstern Front. Ich trat ein . . .
die Schwelle war etwas niedergetreten . . . die Dielen,
der Hausflur, hatten sich geworfen . . . links ein Schild
an der Thüre mit dem Namen Kröber . . . über eine
schräge Stufe, die dem Augenmaß keinen festen Halt bot,
stolperte ich ins Zimmer.

Dort saß Kröber selbst an einem mit Papieren be=
deckten Pult . . . auf zwei Holzpulten an der Wand be=
fanden sich zwei Setzerkästen . . . zwei mit allerlei Con=
vertuten ausgestattete Repositorien auf der andern Seite
des Zimmers und zwei Strohstühle bildeten seine ganze

Ausstattung . . . abgesehen von dem Drehsessel, auf welchem der Eigentümer saß, der sich mir alsbald mit einem kreischenden Ruck seines Thronsitzes zuwendete und mir die Hand entgegenstreckte.

„Willkommen in meinem bescheidenen Atelier," sagte er, und die semmelblonde Locke fiel ihm wieder schwermütig auf die Stirn herab.

Ich mußte erst meiner Enttäuschung Herr werden, ehe ich ihn mit demselben hoffnungsfreudigen Lächeln begrüßen konnte, das um seine Lippen schwebte. Ich hatte erwartet: große Säle mit Setzern und Setzerkasten, andere mit Druckern und Druckerpressen zu sehen . . . ja, meine Phantasie hatte sich sehr hoch verstiegen: über ein langgestrecktes Gebäude einen Dampfschornstein ragen zu lassen; denn eine Dampfpresse hatte ich der Firma zugetraut; doch ich wußte ja wohl, daß Intelligenz und Glück nicht immer Hand in Hand geht. Und was kann ein kaufmännisches Genie ohne Geld leisten?

Wo du nicht bist,
Herr Organist,
Da rührt sich keine Feder!

Dies alte Lied summte mir in den Ohren, und ich hatte ein wehmütiges Gefühl, als ich einen so scharfblickenden Mann in so bescheidenen Verhältnissen vor mir sah. Es machte mich nicht einmal stolz, daß ich selbst in der Lage war, die Orgelpfeifen in Gang zu bringen; sondern es demütigte mich, bei meiner so geringen kaufmännischen Intelligenz eine so wichtige Rolle zu übernehmen.

„Sehen Sie," sagte Kröber, „hier haben Sie die genaue Ausarbeitung: Druck, Papier, Honorar, Betrieb. Die Zahl der Abonnenten, welche die Kosten decken, ist so geringfügig, daß wir sie im Handumdrehen erhalten werden. Es kommt nur zunächst darauf an, daß wir 6000 Mark haben, um das Unternehmen flott zu machen. Vergrößern können wir's ja später durch Kapitalzuschüsse. Studieren Sie nur erst unsern Etat und die Deckung!"

Er wies mir einen Rohrstuhl an, auf den ich mich setzte, und während ich die Ziffern prüfte, schrieb er eifrig an einem anderen Aktenstück.

Ich fand alles in Ordnung, geschickt gruppiert, richtig

summiert, und wenn die Abonnenten nicht ausblieben, so stimmte alles wunderbar. Das war ja doch nicht zu befürchten ... ein Unternehmen von solcher sittlichen Tendenz ... ich wagte sogar eine höhere Zahl von Abnehmern vorauszusetzen, und freute mich meiner mathematischen Bildung, als ich vermittelst eines im Kopf ausgerechneten Exempels einen nennenswerten Gewinn herausbrachte.

Ich gab meine Zufriedenheit mit dem Etat des Blattes zu erkennen und erhielt zur Belohnung dafür ein zweites sauber ausgearbeitetes Schriftstück, eine Art von Gesellschaftsvertrag mit festgestellten Rechten und Pflichten der beiden Teilnehmer. Ich gab das Geld, er besorgte den Druck und die Redaktion, über die ich auch mit gleichem Stimmrecht zu entscheiden hatte. Auch damit konnte ich mich nur einverstanden erklären: er reichte mir eine eingetunkte Feder; ich setzte meinen Namen darunter, wie er den seinigen. Nun stand er auf, ging, die Hände in den Hosentaschen, einmal auf und ab, blieb dann vor mir stehen und sah mich mit seinen durchbohrenden Blicken an.

Auch ich verharrte in nachdenklichem Schweigen.

„Nun, wo bleibt das Geld?" sagte er mit etwas scharfer Betonung.

Ich hatte zunächst noch nicht daran gedacht; ich hatte es bei einem Bankier deponiert gegen die bescheidenen Zinsen, welche das Geschäftshaus bot; „ich werde es noch heute besorgen," sagte ich mit fester Entschlossenheit.

„Gut," sagte der semmelblonde Herr mit versöhnlichem Lächeln, „wir wollen dann gleich ans Werk gehen. Ankündigung und Reklame, das soll meine Sache sein. Wir brauchen indes einen verantwortlichen Redakteur ... bei solchen Blättern wird leicht einmal über die Schnur geschlagen, man kann zuviel Esprit haben, nach der Ansicht irgend eines Mannes, dem der Champagnerschaum in die Nase gefahren ist. Ich habe ein Faktotum, das für solche Verantwortlichkeit wie geschaffen ist: er zeichnet überdies, schneidet Holz, setzt und druckt und schreibt sehr geschickt einen impertinenten Styl ... ich werde Ihnen das Individuum sogleich herbeirufen. Wegen der Mitarbeiter brauchen wir nicht in Sorge zu sein; bei solchen Blättern arbeitet das ganze Publikum mit."

Kröber rief draußen im Hausflur nach dem Hof hinaus und bald erschien ein kleiner, etwas buckeliger Mann, mit einer wollenen Jacke bekleidet, mit rebellisch gesträubtem Haupthaar; die Augen funkelten kohlenartig und ein breiter Mund verzog sich alsbald zu einem grinsenden Lachen, als ihm Kröber zurief: es sei alles in Ordnung.

Er stellte mir den Mann in der Jacke als Doktor Meuterer vor und fügte alsbald mit sarkastischer Ueberlegenheit hinzu: „So nennt unseren Herrn Mitarbeiter die ganze Welt; sein Doktordiplom habe ich freilich nicht gesehen."

Der Doktor nahm auf dem defektesten der beiden Rohrstühle Platz; denn wir hatten alsbald eine Sitzung. Den Prospekt wollte Kröber ausarbeiten, für die Reklame sollte Meuterer Sorge tragen; es handelte sich nur um die erste Nummer.

„Wir müssen gleich Sensation machen", sagte Meuterer mit seiner bis zur Undeutlichkeit heiseren Stimme, „wir müssen etwas Hochwild erlegen. Die hohe Finanz ist sehr ergiebig . . . greifen wir zu! Beginnen wir mit einem Porträt der Pariser Mama."

„Was ist das für eine Mama?" fragte ich.

„Jedenfalls eine stattliche Dame, der wir einen riesigen Kassettenschlüssel in die Hand geben können. Herr Lindworm sen., einer unserer Millionäre, machte bisweilen Reisen nach Paris; sein Sohn brauchte sehr viel Geld und appellierte schriftlich oft vergebens an die Kasse seines Vaters. Seiner mündlichen Beredsamkeit mehr vertrauend, reiste er selbst nach Paris und fand dort eine Frau Lindworm, die mit seiner Mama nicht die geringste Aehnlichkeit hatte. Er geriet über diese Mama nicht gerade außer sich, sondern gebrauchte sie als Kassenschlüssel, indem er ihren Namen jedesmal im Munde führte, wenn er eine Anleihe machen wollte. Der Vater verstand, was diese zarte Andeutung sagen wollte und zahlte stets bereitwillig das gewünschte Schweigegeld."

Kröber lächelte sehr behaglich; er war sonst ein ernster Mann: aber ein solches Bild auf der ersten Seite der „Brennesseln" versprach doch einen so glänzenden Erfolg, daß es ihn offenbar in die beste Laune versetzte.

„Ich werde zum großen Porträt allerlei Randbilder

machen und von einem Freunde, dem Maler Velker, zeichnen lassen: darunter soll das Bild nicht fehlen, wo der Sohn dem Vater die Pariser Mama als Pistole auf die Brust setzt."

„Eine reiche Fundgrube ist das Theater; da wuchern die Skandale wie die Pilze nach dem Regen; ich habe schon allerlei Vorrat, ein halbes Album voll . . . ein bis zwei Bilder müssen in die erste Nummer kommen . . . dann auch einige Texte . . . vielleicht schreiben Sie einen Artikel, Herr Rotpfennig, humoristisch, witzig . . . irgend einen Notschrei über schlechte Dachtraufen und Feuerspritzen oder ein Klagelied der Blumentöpfe am Fenster, welche verurteilt sind, den Vorübergehenden auf die Köpfe zu fallen."

„Es wird uns an Artikeln nicht fehlen, wenn wir nur Honorar zahlen."

„So wenig wie möglich", versetzte Kröber; „es muß eine Ehre sein, an unserem Blatt mitzuarbeiten . . . dem Publikum fehlt es ja nicht an dem sittlichen Eifer, irgend eine Scheingröße an den Pranger zu stellen, wie sie's verdient; wir werden Zusendungen genug erhalten, und man ist uns dankbar, wenn wir sie nur zum Abdruck bringen."

Der Kleine kratzte sich hinter dem Ohr.

„Doch wir brauchen auch Talente . . ."

„Unsinn", versetzte der Buchdrucker, „die Gesinnung ist die Hauptsache."

Und dabei nickte er mir verständnisvoll zu. Ich bin in der That seiner Ansicht; wer von einer Ueberzeugung durchdrungen ist, der weiß ihr auch kräftigen Ausdruck zu geben und schreibt besser als ein hin und her irrlichterierendes Talent, welches mit eitlem Wortkram zu glänzen sucht.

Nach einer längeren Unterhaltung, die mir die Gewißheit gab, daß ich hier Erspießliches für die Moralität leisten würde, nahm ich Abschied von meinen neuen Kollegen und eilte zu meinem Bankier, um die erforderliche Summe flott zu machen; ich fand zwar den äußeren Rahmen für das Zukunftsbild, das ich mir ausgemalt, nicht sehr glänzend; doch das sollte ja eben anders werden. Und wie edel waren unsere Bestrebungen; die Gemeinheit zu entlarven ist nicht nur unser Recht, es ist unsere Pflicht. Das sagte schon immer der Religionslehrer der Prima und wie hat

Horaz die Gecken, Thoren und Sünder der römischen Hauptstadt in seinen Satiren für die Nachwelt festgenagelt.

Den 10. Oktober.

Mehrere Tage waren mir vergangen ohne besondere Ereignisse. Die Vorbereitungen für das Erscheinen des Blattes waren lebhaft im Gange . . . rote Plakate kündigten es an den Straßenecken an; ich blieb an jeder Ecke stehen, um sie immer von neuem zu lesen; es schmeichelte meiner Eitelkeit, bei einem Unternehmen, das der ganzen Stadt als ein so wichtiges Ereignis angekündigt wurde, die Hand mit im Spiel zu haben. Auch suchten meine Genossen demselben alle Ehre zu machen. Kröber trug einen neuen eleganten Zilinderhut; sein lammfrommes Gesicht mit der wehmütig herunterhängenden Oberlippe gab ihm fast das Ansehen eines Leichenbitters; immerhin machte er einen festlicheren Eindruck als früher, und Doktor Meuterer trug einen neuen Rock, unter dem ein paar saubere Manschetten hervorlugten mit einem Paar riesiger Knöpfe, auf denen Blätter und Stengel abgebildet waren, die sich dem genauen Kenner der Botanik als beabsichtigte „Brennesseln" offenbarten.

Ich selbst hatte einen Aufsatz geschrieben: „Aus Keller und Mansarde", worin ich über schlechte und ungesunde Wohnungen in der Stadt mich rückhaltslos aussprach und den hochlöblichen Magistrat etwas mit dem Strohhalm kitzelte. Dem Erscheinen des Blattes sah ich mit großer Spannung entgegen, so daß, wenn das Publikum nur annähernd den Höhegrad derselben erreicht hätte, der Erfolg des Unternehmens gesichert gewesen wäre.

In meiner liebenswürdigen Wirtin, der Frau Tummel, hatte ich eine Freundin gefunden, der ich mit Vertrauen mein ganzes Herz ausschüttete. Die Dame hatte von früher ansehnliche Bekanntschaften, verkehrte mit Beamten und Rechtsanwälten, obschon ihre Lebenslage keine günstige und ihr Negligée von zweifelhafter Berechtigung war. Sie brachte mir morgens den Frühstückskaffee selbst . . . und das war die Zeit, wo wir mit einander plauderten; sie trug in der Regel noch die Nachthaube, was ihr ein sehr häusliches Ansehen gab, und nahm dann auf dem Lehnstuhl an meiner Seite Platz. Ich erzählte ihr alles, was mir den Tag vorher begegnet war und sie hörte aufmerksam zu. Gesprächig war sie gerade nicht; doch sie machte hin und wieder sehr treffende Bemerkungen und nestelte die Knöpfe an ihrer Nachtjacke zu, welche die unangenehme Eigentümlichkeit hatten, immer wieder aufzuspringen. Sie riet mir, einmal das Theater unseres Stadtviertels zu besuchen, um mich von den Leistungen meines Fräulein Katharina zu überzeugen; denn ich hatte ihr auch die Begegnung mit den beiden Damen nicht verschwiegen, ebensowenig meine Ungeschicklichkeit, was Lulu betrifft; denn im übrigen glaubte ich mich ganz geschickt benommen zu haben.

Diesem Ratschluß folgte ich noch gestern Abend. Es war ein zweites Theater, aber es hatte sich ein zahlreiches Publikum versammelt . . . man gab einen jener Lustspielschwänke, die jetzt Mode sind; in der Handlung ging alles kopfüber und auch die Charaktere schlugen einen Purzelbaum nach dem andern. Ich liebe das nicht; ich will Menschen auf der Bühne sehen, keine Marionetten.

Meine Freundin war diesmal nicht namenlose Kammerzofe, sie hatte Vor= und Zunamen auf dem Zettel; es war eine intrigante Haushälterin, die sie zu spielen hatte, und sie entledigte sich dieser Aufgabe in einer ganz talentvollen Weise. Für solche Stellung hatte sie jedenfalls eine natürliche Begabung. Beifall konnte sie darin nicht finden, denn diese Haushälterin war im Stück nur ein notwendiges Uebel und eine durchaus unsympathische Person. Erfolg kann aber ein Darsteller nur mit den großen Bösewichtern haben, die kleinen sind alle undankbar.

Als ich im ersten Zwischenakt das Publikum musterte, bemerkte ich in einer Parterreloge nicht weit von mir — denn ich befand mich unter den Gründlingen im Parterre — Sophie Wendig. Sie saß ganz allein in ihrer Loge und kam mir wieder so reizend vor: sie hatte ein hübsches Profil, und ich mußte während der Vorstellung oft die feingeschnittenen Züge bewundern; in anmutiger Wendung hatte sie ihr Gesicht der Bühne zugekehrt. Die üppigen blonden Locken rahmten es so lieblich ein, daß ich den Sommerhut garnicht vermißte, der sie mir im Park als eine arkadische Schäferin erscheinen ließ. Doch sie hatte jetzt noch einen unschuldigeren Ausdruck, es fehlte selbst der leiseste Schimmer von Koketterie, der den bebänderten Strohhut umgab. Ich vergaß fast die intrigante Haushälterin der Katharina Rebisch; immer hafteten meine Blicke auf dem lieben Gesichtchen. In der That, sie hatte mir's angethan, diese Sophie Wendig, ich selbst mußte mir es eingestehen. Nach dem Schluß der Vorstellung hatte ich mich natürlich vor ihrer Loge eingefunden; sie lächelte mich sehr freundlich an, erklärte aber gleich, jede Begleitung ablehnen zu müssen, weil sie sehr viele Rücksichten zu nehmen habe und ihre Freundin aus der Garderobe abholen müsse. —

Ich empfand es wie einen Stich ins Herz, daß ich so rasch verabschiedet wurde; doch es geschah in so liebenswürdiger Weise, daß ich den Mut und die Hoffnung nicht verlor. Ich konnte nicht umhin, in bescheidener Entfernung an der hinteren Thür des Theaters zu warten, aus welcher die Künstler und Künstlerinnen herausschlüpfen, nachdem sie ihr unsterblich Teil in der Garderobe aufgehängt; ich mußte Sophie noch einmal sehen; in der That, sie kam Arm in Arm mit Katharina! Die Bänder des Sommerhutes umflatterten sie in losem Spiel . . . wie leicht und schwebend ihr Gang . . wie eine Sylphide im Mondlicht, das ihr einen so nichtssagenden Schatten an die Fersen heftete.

Und doch war ich auf diesen Schatten eifersüchtig und machte ihm Konkurrenz; ich folgte den beiden Damen bis zur Wohnung Sophiens in der Parkstraße. Dort trennten sich die beiden; Katharina ging zurück, Sophie trat ins Haus. Ich hatte mich im Gebüsch gegenüber verborgen und blickte träumerisch nach den Fenstern des ersten Stockwerkes . . . dort wurde ein Licht angesteckt, das eine Zeit lang auf- und abspazierte; dann öffnete sich das Fenster und ein reizender Mädchenkopf blickte heraus, immer noch im Sommerhut.

Niemand als der Mondenschein
Wachte auf der Straßen,

wie Lenau so stimmungsvoll singt. Alles still . . . im Parterre waren die Läden geschlossen. Wäre ich ein Sänger gewesen . . . ich hätte der Schönen eben jetzt irgend eine Serenade gebracht; doch ich lebte immer mit der Musik auf gespanntem Fuß. Ich ging zwar nicht so weit, wie der dichterische Advokat Müllner, welcher erklärte: die Musik sei ihm von allem Lärm der liebste; doch ich verstand in der Regel nicht, was die Komponisten eigentlich wollten und warum vieles gesungen wurde, was sich doch ebenso gut und noch viel deutlicher sprechen ließ. Nachsingen konnte ich gar nichts, denn mein Gehör versagte mir in bedauerlicher Weise. Ich hatte also nicht das geringste Talent, ein Ständchen zu bringen ... und doch, wie vollstimmig wäre es geworden, wenn ich alle meine Gefühle, mein geheimstes Sehnen, meine feurige Bewunderung hätte in Noten setzen können.

Das Köpfchen verschwand wieder ... bald darauf auch das Licht ... ich war in einer weichen, fast gerührten Stimmung ... ich dachte des Schlummers der Unschuld ... ich hätte mich nicht gewundert, wenn zwei Engel die mondsilbernen Schwingen über das Häuschen gebreitet und Rosen auf das Lager der Schlummernden gestreut hätten ... ich ging in süßen Träumereien auf und ab, während der Abendwind mich mit welken Blättern überschüttete; doch ich mußte an die Heimkehr denken ... noch einen Blick auf das epheuumrankte Häuschen, das im Mondschein mit seinen grünen Ranken wie ein smaragdenes Kleinod schimmerte. Da öffnete sich plötzlich die Hausthür ... Sophie trat heraus ... wollte sie noch den schönen Herbstabend genießen? Ich lauschte atemlos ... sie betrat die Parkstraße und ging der Stadt zu. Im nächsten Rondell hielten einige Nachtdroschken ... sie stieg ein und verschwand meinen Blicken.

Dies war mir peinlich ... ich wußte nicht, wohin ich ihr mit meinen Gedanken folgen sollte. Jedenfalls eine Abendgesellschaft ... die Künstlerinnen erscheinen dort oft spät nach der Vorstellung ... es ist dies nichts Ungewöhnliches, nichts Auffallendes; doch hatte mich diese Nachtdroschke in eine so aufgeregte Stimmung versetzt, daß ich überzeugt war, ich würde nicht bald einschlafen und ich zog es daher vor, noch in das Weinhaus zu gehen, in welchem ich neulich die interessanten Bekanntschaften gemacht.

Ich fand an einem Tisch den korpulenten Herrn mit der Glatze und den roten Haaren allein dasitzen. Er erkannte mich gleich, stand auf, reichte mir die Hand und brachte sich mir in Erinnerung, indem er seinen Namen nannte.

„Wägler ... Rittergutsbesitzer Wägler."

Ein Rittergutsbesitzer ... das imponierte mir ... ich hatte mehrere in den landständischen Uniformen gesehen ... auch kannte ich einige sehr angesehene Herren an dem Kreistage in unserem Städtchen ... ich folgte daher bereitwillig seiner Einladung, bei ihm Platz zu nehmen und bestellte eine Flasche Morkobrunner, um ihm im traulichen Gedankenaustausch näher zu treten. Er hatte ein halb ausgetrunkenes Glas vor sich stehen, hinter welchem keine Flasche stand, um es wieder zu füllen ... es war wohl Zeltinger oder ein anderer wohlfeiler Moselwein ... der Mann schien kein Weintrinker zu sein ... ein nüchterner, anspruchsloser Herr, trotz seiner günstigen Vermögensverhältnisse, seines Rittergutes und der schweren goldenen Uhrkette, an welcher eine ganze Traube von Berloques herunterbaumelte.

Wir geriethen bald in ein trauliches Gespräch ... Herr Wägler erzählte mir viel von dem Boden erster Klasse, den sein Gut besitze ... famose Acker-Krume ... gar kein Unland, wenig Wald; doch es gehe alles am Schnürchen, und da er durchaus arbeiten müsse und nicht müßig sitzen könne, so treibe er besonders im Herbst und Winter Agenturgeschäfte, um seine Kenntnisse zu verwerten; er habe neulich gehört, daß ich mein Kapital vorteilhaft anlegen möchte und biete mir seine Dienste an.

Das war mir natürlich sehr willkommen; denn wenn sich auch die sechstausend Mark in dem neuen Journal reichlich verzinsten ... das war doch nur ein bescheidener Bruchteil meines Vermögens, welches ja beim Bankier brach lag und mir nur die dürftigsten Prozente brachte.

Wir stießen an ... und gerieten bald in ein vertrauliches Gespräch; er machte aus seinen Vermögensverhältnissen kein Hehl; verstattete mir einen Einblick in die glänzenden Einnahmen seines Rittergutes und ich erwiderte sein Entgegenkommen, indem ich mein väterliches Erbteil, ohne ihm Nullen abzuschneiden oder zuzusetzen, vor ihm aufmarschieren ließ. Ihm kam es allerdings sehr unbedeutend vor; denn er ist gewöhnt, mit anderen Summen zu rechnen. Mir schien's, er nahm seitdem eine etwas herablassende Miene gegen mich an, obschon er in seiner gewohnten jovialen Weise zu sprechen fortfuhr:

„Nur keine falsche Vornehmheit ... man muß sein Geld anlegen, wo es eben Zinsen bringt und sich um alles Uebrige nicht kümmern. Nur wer sein Kapital wie ein ehrlicher Bauer in den Strumpf steckt, begeht eine Sünde an der Menschheit: denn er entzieht dem allgemeinen Verkehr einen der Zuflüsse, ohne die er eben ins Stocken gerät. Sie sind ein feiner Herr, brauchen sich aber doch nicht zu genieren, einen guten Kauf zu machen, auch wenn Sie das Objekt nicht selbst in die Hand nehmen wollen. So habe ich zum Beispiel mehrere sehr einträgliche Restaurants auf meiner Liste. Sie werden sich natürlich nicht an den Biertisch hinstellen, Ihre Gäste mit einem Händedruck begrüßen und durch eine Prise Pariser Nummer vier sich dauernde Kundschaft zu gewinnen suchen; Sie setzen jemanden ins Geschäft ... das wirft es reichlich ab ... er besorgt die Wirtschaft, macht die Berechnung ... und Sie kassieren nach allen Abzügen noch sehr glänzende Zinsen ein."

„Doch das würde mich in ein ungünstiges Licht bei meinen Bekannten setzen, wenn sie erführen ..."

Durchaus nicht. Die vornehmsten, reichsten Leute haben ihre kleinen Nebengeschäfte ... große Gutsbesitzer mit riesigen Brennereien lassen den Schnaps en détail verkaufen ... sie kümmern sich nicht weiter darum ... das besorgen ihre Geschäftsführer ... nur das Geld kassieren sie ein. Lieber Freund ... das Geld ist verschwiegen ... es hat immer dasselbe Gesicht, mag es herkommen, woher es immer will ... es klagt keinen Menschen an ... im Gegenteil — Lumpen sind nur diejenigen, die es nicht besitzen."

Ich war mit dieser Philosophie nicht einverstanden; nur erfüllte mich's einigermaßen mit Behagen, daß ich nicht zu den Lumpen gehörte, auch nicht nach der Schätzung so einflußreicher Männer, wie der Rittergutsbesitzer Wägler war.

„Da hab ich hier das Blauersche Restaurant ... gut gelegen ... enormer Zudrang ... es soll verkauft werden ... der Preis ist mäßig. Eine treffliche Kapitalanlage: Der Mann besinnt sich noch ... aber ein solider Käufer wie Sie ... da braucht man keine Papiere zu machen."

„Papiere zu machen?" fragte ich.

„Kein Wechselchen auszustellen, meine ich; hier würde alles glatt gehen . . . der alte Mann will sich zur Ruhe setzen. Doch braucht er natürlich einen solventen Käufer."

Als ich das Anerbieten des Herrn erwog, setzte sich der dünne Herr mit der spitzigen Nase und der blauen Brille zu uns, der eben eingetreten war, und als er hörte, daß vom Blauerschen Restaurant die Rede war, rückte er sich die blaue Brille zurecht und sagte:

„Ein famoses Geschäft . . . ich dachte selbst schon daran; doch ich will nicht im Wege stehen. Eine gute Kapitalanlage . . . doch handelt es sich nur um eine kleine Summe. Ich könnte Ihnen einen weit mehr ins Gewicht fallenden Vorschlag machen. Einer meiner Freunde will sein Rittergut verkaufen . . . es ist in hohem Grade preis= würdig." Und er begann mir mit Hilfe eines Planes, den er aus der Tasche zog, Umfang, Boden, Erträgnisse aus= einander zu setzen.

Herr Wägler nickte zustimmend . . . er schien das Gut ebenfalls zu kennen.

Es stürmte so viel auf mich ein . . . ich bat mir Bedenkzeit aus. Herr Fiebe . . . so hieß der dünne Herr . . . stellte mir noch nähere Angaben in Aussicht, doch Herrn Wägler mußte ich versprechen, demnächst mit ihm zusammen eine Besichtigung der Restauration vorzunehmen. Wir setzten den Besuch auf morgen sechs Uhr abends fest. Wir plauderten noch . . . da kam auch das quecksilberne Männlein hinzu, das ich neulich ebenfalls kennen gelernt hatte . . . er war nicht ganz fest in seinem Gang und in über= mütigster Laune.

„Neußernitz ist ausgeschlachtet," rief er, „brillantes Geschäft . . . das Inventar bis auf das letzte Kalb und die letzte Henne samt ihren Eiern glänzend verauktioniert."

„Dämele," rief Herr Wägler mit der Würde eines Präsidenten, der einen Angeklagten zur Ordnung ruft, „Sie sind betrunken!"

Und mit einer bezeichnenden Pantomine deutete er mir an, daß Herr Dämele nur hirnverbranntes Zeug spreche.

Fiebe stand auf und suchte den unbequemen Gast mit dem ganzen Aufwand seiner schwachen Kraft bei Seite zu schieben, doch Dämele kehrte immer wieder an den Tisch zurück, indem er Herrn Fiebe von sich abwehrte und über sein unanständiges Benehmen die Achseln zuckte.

"Sechs Bauern haben angebissen ... rechts ein Stück und links ein Streifen und derb bezahlt. Nun, eine Flasche Champagner! Juchhe, jetzt kommt Rieselau an die Reihe."

Ich merkte, wie unangenehm es den beiden Herren am Tisch war, die Geständnisse eines Halbtrunkenen zu hören, den sie, wie mir schien, nicht gerade für einen soliden Geschäftsmann hielten. Er verdarb uns die gute Laune. Wägler stand auf, faßte mich unter den Arm und so gingen wir auf die Straße, Fiebe immer hinter uns her, während Dämele wahrscheinlich noch immer fortdeklamierte, denn an der Thür des Restaurationslokals hörten wir ihn, wie er Rieselau als eine Goldgrube pries, doch man müsse es kurz und klein hacken, wie Neußernitz ... dann komme etwas dabei heraus ... Er hatte eine Gruppe lustiger Zecher um sich versammelt ... der hin- und herzappelnde Dämele war sehr beliebt in diesen Kreisen, wie mir Wägler lachend mitteilte; er erzählte allerlei Märchen aus dem Geschäftsleben wie die Schöne, die tausend und eine Nacht mit dem Sultan durchgeschwärmt ... der Name sei ihm entfallen.

"Scheherezade," sagte ich, stolz auf meine Bekanntschaft mit dieser köstlichen Dame.

Wägler nickte zustimmend. "Die deutschen Mädchennamen sind doch bequemer auszusprechen; wenn man aber einen ganzen Kalender voll davon im Kopfe hat, da ist kein Platz für's ausländische Gewächs."

Und wir schieden mit einem kräftigen Händedruck.

Den 11. Oktober.

Abends spät setze ich mich noch hin, um diese Zeilen aufzuschreiben; es war heute ein ereignisreicher Tag.

Am frühen Morgen brachte mir ein Laufbursche die erste Nummer der "Brennesseln" ... ich konnte mich nicht satt sehen an dem eleganten Blatt, dessen Mitbesitzer ich war. Schönes Papier! Deutlicher Druck! Ich verschlang meine eigenen Artikel ... ich hatte mich noch nie gedruckt gesehen. Wie herrlich sich das las! Es ist ganz etwas anderes, als wenn man seine Schulhefte kritzelt; es hat

alles einen ganz anderen Fluß und Guß. Die Gedanken, welche der Tinte mühselig nachschleifen, lächeln uns unter der Druckerschwärze so freundlich an! Wenn nur nicht die garstigen Druckfehler wären! Zweimal steht das Gegenteil von dem da, was ich sagen wollte ... da muß ja die öffentliche Meinung aus dem Gleichgewicht kommen
Die Bilder finde ich weniger pikant, als ich glaubte ... doch wo in aller Welt ist die Pariser Mama geblieben? Der Artikel des Doktors Meuterer war ja so charmant ... sprudelte von Witz, züchtigte das Laster ... ich konnte mir nicht erklären, warum die Nummer dieser Zierde und des köstlichen Bildes beraubt worden war. Statt dessen fand ich das Portrait einer Künstlerin ... doch das war durchaus nicht pikant ... das konnte man in jedem Photographiekasten sehen. Die Dame war überdies geschmeichelt, und das will bei einem Holzschnitt viel sagen.

Ich zeigte der Frau Tummel das Blatt ... sie hatte sich mehr davon versprochen. Es fehlte der Skandal, auf den ich ihr erfreuliche Aussicht gemacht ... sie hatte gehofft, innerste moralische Genugthuung zu empfinden, wenn diejenigen, die es verdienten, an den Pranger gestellt wurden. „Und die Mademoiselle da vorn hätte vielleicht auch die Brennesseln verdient ... ich weiß so manches von ihr", sagte Frau Tummel und zupfte ärgerlich an den Bändern ihrer Nachthaube.

Ich machte sie auf meinen Aufsatz aufmerksam ... während sie ihn las, schlürfte ich langsam meinen Kaffee, und meine Blicke hingen an ihren Mienen. Leider! glitt kein Lächeln um ihre Mundwinkel ... auch nicht bei den Stellen, wo ich mit Sicherheit darauf gerechnet. Was nützt das Genie, wenn es kein Publikum findet? Ohne jeden Sonnenschein im Gesicht, gab sie mir das Blatt wieder zurück. „Das mögen die Stadtverordneten sich zu Herzen nehmen ..." sagte sie und glaubte meiner schriftstellerischen Eitelkeit damit genug gethan zu haben.

Ich war sehr enttäuscht ... kein Witzfunke hatte gezündet; doch es giebt Frauen, die für Humor gar keinen Sinn haben ... besonders die wirtschaftlichen ... die verstehen keinen Spaß, weder in der Küche, noch sonst.

Kaum hatte ich mein Frühstück beendigt, so stürzte ich zu Kröber. Vor der Thüre seines Hauses war der Einzelverkauf in vollem Gange ... man riß sich um die Nummer ... die Plakate hatten ihre Schuldigkeit gethan ich konnte kaum durch das Gedränge hineingelangen ... vorbei an Doktor Meuterer, der hier den Verkauf zusammen mit einem halbwüchsigen Jungen besorgte und mich mit triumphierendem Lächeln begrüßte. Er hatte seine Toilette durch ein rotes Halstuch vervollständigt. Kröber stand wehmütig wie immer vor dem Setzerkasten, das Haupt auf die Hand gestützt; ich fragte ihn, ob er mit dem Erfolg unzufrieden sei; er schüttelte mit dem Kopf, wobei die semmelblonde Locke ihm über die Stirn fiel, und meinte dann, die Kosten seien größer, als er erwartet habe und es würden Nachschüsse nötig sein.

Ich kann nicht sagen, daß diese Aussicht mich sonderlich erfreute; er schien dies zu bemerken, strich sich die Locke wieder von der Stirn und sagte dann mit einem wehmütig hoffnungsvollen Lächeln: „doch dann wird uns ein großer Erfolg sicher sein, so weit es überhaupt uns verstattet ist, einen Blick in die Zukunft zu werfen."

Ich dachte an die gleichgiltigen Mienen der Frau Tummel, die sie nach dem Genuß der ersten Nummer der „Brennesseln" zur Schau trug, und es regten sich in mir Zweifel an dieser glänzenden Zukunft. „Wo in aller Welt ist denn das Bild der Pariser Mama geblieben und der pikante Artikel, der so gelungen war?"

Kröber nahm eine ernste Miene an und heftete seinen scharfen Blick auf mich. „Junger Mann," sagte er, „wir müssen vorsichtig sein. Meuterer haftet mit seinem Kopf und ist zur Einsicht gekommen, daß wir die größten Ungelegenheiten davon haben könnten ... Prozesse ... Verurteilungen ... Konfiskation ... und da haben wir den Artikel lieber im Pult liegen lassen. Außer unseren „Brennesseln" giebt's noch andere, denen wir hübsch aus dem Wege gehen müssen, Staatsanwalt und Polizei. Sie freilich sind ein Brausekopf, ein Genie, und wollen durch dick und dünn marschieren. Danken Sie's dem Zufall, daß Sie mit gewiegten Männern zusammen gekommen sind, welche nicht so blind ins Zeug gehen."

„Doch warum schreiben Sie denn Artikel und lassen Bilder zeichnen, die Sie nachher nicht brauchen können?"

„Junger Mann," sagte Kröber, indem er eine sehr überlegene Miene annahm, die mir durchaus mißfiel; man folgt anfangs seinem Talent, seinen glücklichen Einfällen . . . dann aber beschneidet man die üppigen Ranken, gewiß mit einem sehr schmerzlichen Gefühl; aber die ruhige Erwägung trägt den Sieg davon über den Protest der geschmeichelten Eitelkeit, die sich ihres Triumphes schon sicher fühlte."

Mir wollte das nicht recht einleuchten, und ich glaubte in dem lammfrommen Gesicht Kröbers einen impertinenten Zug zu bemerken, der sich unter dieser trügerischen Sanftmut versteckte.

„Da hätte man mich doch erst um meine Meinung fragen müssen", sagte ich ärgerlich, indem ich mich etwas in Positur setzte, denn eine untergeordnete Rolle für mein Geld zu spielen, war nicht meine Absicht.

„So?" versetzte Herr Kröber, indem seine Züge einen gedehnten Ausdruck annahmen und seine Blicke mich zu durchbohren schienen; „würde der Herr die Gefängnisstrafe verbüßen, die auf solchen Artikeln steht? Dafür haben wir ja einen verantwortlichen Redakteur, und der hat allein zu entscheiden, da es ihm an Kopf und Kragen geht."

Ich konnte dagegen nichts einwenden und bemerkte nur noch, daß das Bild einer Schauspielerin, für die sich niemand weiter interessiere, doch nur ein schwacher Ersatz sei für die ausfallende pikante Illustration.

„Mein lieber Freund," sagte Kröber, jetzt wieder einlenkend zu einem sanfteren Ton: „Sie kennen die hiesigen Verhältnisse nicht; für das Theater interessiert sich alle Welt. Wir beginnen ganz harmlos, streuen Blumen auf den Pfad, eh' wir mit „Brennesseln" peitschen. Das folgt nach . . . wir denken auch daran, Theaterkritiken zu bringen."

„Die will ich selber schreiben", rief ich mit raschem Entschluß.

Kröber war offenbar damit nicht einverstanden, er traute mir wahrscheinlich nicht die nötige kritische Schärfe zu, doch wollte er mich durch unbedingte Ablehnung nicht kränken. Die Locke hing ihm wieder über die Stirn herab, und dies war stets ein Zeichen, daß er sich in einer unliebsamen Verlegenheit befand.

"Herr Meuterer wollte die Kritik übernehmen... Sie werden sich ja mit ihm verständigen.... ich denke, Sie überlassen ihm die grobe Arbeit und behalten sich die Festtage der Bühne vor: große Gastspiele, Novitäten aus der Feder berühmter Dichter. Ihm überlassen Sie das Alltagsgesicht der Bühne, dem er dann seine kräftigen Schmisse versetzt."

Ich war zunächst damit einverstanden und behielt mir die Grenzregulierung vor; ich kann nicht leugnen, daß mich das stolze Gefühl beseelte, doch die Finanzmacht zu sein, der die "Brennesseln" ihre Existenz verdankten und ferner noch verdanken mußten und das Gefühl wurde lebendiger in mir, als Kröber wieder auf die Nachschüsse zu sprechen kam; diesmal mit demütiger Miene und einem sanften bittenden Ton; ich versprach im Notfall, den Kröber für die vierte Nummer in Aussicht nahm, noch einmal einzutreten, falls eine steigende Bewegung der Abonnentenzahl uns günstige Aussichten eröffne. Und ich verließ den Buchdruckereibesitzer mit einem herablassenden Kopfnicken.

Nachmittags machte ich zunächst einen Besuch bei Fräulein Katharina Rebisch, in der stillen Hoffnung, vielleicht ihre reizende Schülerin bei ihr zu finden. Leider sah ich mich hierin getäuscht; doch war es jedenfalls nützlich, die Bekanntschaft mit der Künstlerin zu pflegen. Sie sah übrigens heute noch weniger photographisch aus als sonst ... sie machte auf mich den Eindruck einer umherspazierenden Feuersbrunst: alles rot, Haar, Augenbrauen, Jacke, Rock, und nichts blaß als das pockennarbige Gesicht. Sie empfing mich sehr freundlich und nötigte mich, in einem eleganten Lehnstuhl Platz zu nehmen.

Die Zimmereinrichtung bildete eine merkwürdige Mischung von luxuriösen Schaustellungen und abgetragenen Möbeln. Prächtige Elfenbeinkästchen und Statuetten zeigten sich neben Polsterstühlen traurigster Art; ein welker Lorbeerkranz von ehrwürdigem Alter, den sie als Utilität schwerlich hier am Orte eingeheimst, sondern in irgend einem Provinzialstädtchen, wo sie als erste Künstlerin gastierte.

Zu meinem größten Erstaunen sah ich bereits die

erste Nummer der „Brennesseln" auf einer wackligen Kommode liegen. Es ist wahr, Künstler und Künstlerinnen interessieren sich für die Litteratur.

Das Gespräch knüpfte alsbald an die epochemachende neue Erscheinung an.

„Da bringen Sie die Trückler", sagte Katharina mit einem verächtlichen Zucken ihrer Mundwinkel, wozu in aller Welt? Sie ist doch nicht schön... dies Bulldoggengesicht mit den Fettpolstern, in denen die matten Augen vergraben liegen. Und eine große Künstlerin ist sie auch nicht. Wenn sie als dicke Salondame auf die Bühne purzelt, da ruiniert sie den ganzen Salon und die eleganteste Möbelgarnitur macht keine Wirkung mehr. Aber sie ist ehrgeizig und eitel; sie hat Geld und kann für ihren Ruhm bezahlen." —

„Wo anders vielleicht", sagte ich nicht ohne Entrüstung, „doch nicht bei den „Brennesseln".

Und ich hielt es für angebracht, mich als Mitbesitzer des Blattes zu demaskieren.

Diese Mitteilung machte gar keinen sonderlichen Eindruck auf Katharina; sie sagte blos: „Da wünsche ich Ihnen den besten Erfolg"; doch es schien mir, als gebe sie sich jetzt mehr Mühe, sich auf einen freundschaftlicheren Fuß mit mir zu stellen, als vorher, sie holte einen köstlichen Liqueur aus ihrem Eckschrank, kredenzte mir ein Gläschen und wir stießen an, wie ein paar gute Kameraden.

„Wie geht es Fräulein Wendig?" fragte ich jetzt... diese Frage hatte ich schon lange auf dem Herzen.

„Sie ist sehr fleißig und studiert jetzt die Thekla... außer Lulu, der bisweilen in ein heftiges Bellen verfällt, stört sie niemand in ihren Studien. Es ist ein merkwürdiges Geschöpf, meine Freundin; sie lebt ganz zurückgezogen, empfängt nie Besuche; Familienrücksichten legen ihr solche Zurückhaltung auf. Ich habe ihr schon diesen oder jenen meiner Bekannten hier vorgestellt; doch sie ist ganz unnahbar. Sie hat recht; so lange man Kunstnovize ist, muß man seinen guten Ruf wahren. Ist man erst eine berühmte Künstlerin, so braucht man sich darum nicht mehr zu kümmern."

„Je mehr ein berühmte Künstlerin das Ideal des Weibes vertritt", sagte ich, „desto herrlicher wird ihr Name strahlen.

„Gewiß ... doch es giebt verschiedene Ideale", versetzte sie, mein Liqueurglas wieder füllend, „die Weltmänner haben ein anderes Ideal als die Gymnasiasten, und gerade die Flecken der Sonne interessieren die Astronomen."

„Dann gehöre ich nicht zu diesen", sagte ich, „und klappe mein Fernrohr lieber zusammen."

„Indeß ganz unempfänglich ist das Herz meiner Sophie nicht", versetzte Katharina, „ich kenne einen gewissen Herrn, der ihr nicht gleichgiltig zu sein scheint."

Als ich dies hörte, warf ich in der Erregung fast das Liqueurgläschen um, und ein Tropfen von dem köstlichen Naß benetzte die geschmacklose Häkelarbeit, die auf dem Tisch als anspruchsvolle Decke lag.

„Sie glauben?" — fragte ich, indem ich unerschrocken den gewissen Herrn auf mein armes Selbst bezog.

„Es ist jedenfalls nötig, daß die junge Dame die nähere Bekanntschaft dieses Herrn macht. Und wenn ich ihn zu diesem Zweck einlade, am nächsten Sonntag eine Tasse Kaffee bei mir zu trinken, so erwarte ich keinen ablehnenden Bescheid."

„Wenn diese Einladung mir gilt, so nehme ich sie dankbar an."

„Sie beschäftigt sich öfter mit einem Herrn Fridolin und streichelt dabei Lulu, als wäre sie ihm dafür dankbar, daß er als opferlustiges Schmerzenskind die Bekanntschaft mit ihm vermittelt hat; sie hat oft gesagt, daß der junge, artige Herr ihr sehr sympathisch sei ... er sei nicht so aufdringlich, wie die Gentlemen vom Theater und Pferdesport, wie sie's nannte ... Und auch über Ihr Aeußeres, Herr Rotpfennig, machte sie einige Bemerkungen, die ich nicht wiederholen will. Man schwatzt doch nicht die Geheimnisse seiner Freundin aus, und es würde mir auch übel anstehn, Ihr Lob zu singen; wir Mädchen dürfen nicht alles sagen, was wir denken und empfinden."

Katharina sagte dies mit einer gewissen Zurückhaltung, die mir sehr wohl gefiel. Sie errötete zwar nicht; doch das wird ja allen erschwert, die mit der Schminke viel zu thun haben. Und die rote Käthe — wie ich sie im Stillen nannte — erschöpfte sie doch bereits die verschiedensten Nüancen dieser Kouleur — schien mir trotz dieser grellen Tünche etwas Mädchenhaftes zu haben, das freilich nur sehr schüchtern hier und dort hindurchopalisieren konnte.

Ich drückte ihr beim Abgehen herzlich die Hand, bat sie, Fräulein Wendig zu grüßen und teilte ihr mit, daß mich jetzt ein Geschäft mit Herrn Rittergutsbesitzer Wägler abriefe. Zu meiner Ueberraschung erklärte sie mir, daß sie den Herrn sehr gut kenne, er sei der Freund eines ihrer Freunde und habe ihr bereits manchen Dienst erwiesen, er kenne die Welt und das Leben wie wenige und sei gefällig und liebenswürdig. Dies Lob steigerte das Vertrauen, das ich in Herrn Wägler setzte; ich hatte schon die Thürklinke in der Hand, als Katharina noch die Frage an mich richtete, ob wir auch die Portraits anderer Künstlerinnen in den Brennesseln bringen würden? So zwischen Thür und Angel konnte ich das nicht beantworten; „Darüber", sagte ich, „sei noch keine Rücksprache genommen worden, Redakteur und Herausgeber müßten darüber erst einig werden."

Auf der Treppe fiel mir ein, daß die rote Käthe wahrscheinlich selbst gern auf der ersten Seite einer Brennesselnummer geprangt hätte. — Nun, häßlicher als die Trinkler war sie gerade nicht; es war nur eine andere Art von Häßlichkeit und der Holzschnitt mit seiner schlichten Einfachheit und bei dem Mangel an jedem naturgetreuen Kolorit konnte ihr sogar zu statten kommen. Und eine große Künstlerin war die Trinkler auch nicht: sie deckte ein Fach; sie war Salondame — aber eine gute Kammerzofe ist mehr wert, als eine schlechte Salondame, und die Rebisch hatte ja eine Menge Fächer. Die Sache ließ sich jedenfalls überlegen: vorläufig war ich mit der diplomatischen Auskunft, die ich der Künstlerin gegeben, ganz zufrieden, obschon ich dabei noch garnicht an ihren eigenen Wunsch gedacht hatte. Gott mag es auch den großen Diplomaten oft im Schlafe geben und eine zufällige Wendung wird zu einem gepriesenen Orakelspruch. — Herrn Wägler traf ich im Weinhause und wir gingen alsbald zusammen in die Blauersche Restauration.

Solch eine Blüte des Geschäftes hätte ich hier nicht zu finden erwartet; die zwei Stuben waren gedrängt voll und dabei ein fortwährendes Kommen und Gehen. Freilich, es waren meist Handwerker, Arbeiter von den Gerüsten nebenan, Maurer und Zimmerleute, doch auch einige feinere Kundschaft mitten darunter: der Souffleur, der Theaterfriseur und ein langmähniger Herr in der Ecke, der mir von Wägler als ein berühmter Maler bezeichnet wurde. Er machte in solchen sehr besuchten Lokalen Studien für seine Gemälde; der Wirt hatte keine Zeit, mir Rede zu stehen; die Kellner flogen hin und her. Die Einrichtung, die Tische, Stühle, der Schenktisch: — das war alles sehr primitiv, doch darauf konnte es diesem Publikum, das sich hier wie bei einem Volksauflaufe drängte, gar nicht ankommen. Die Wirtschaft hatte Ruf, das war die Hauptsache, und ein hier angelegtes Kapital mußte sich glänzend verzinsen. Die Aussicht auf ein gutes Geschäft ließ es mich weniger peinlich empfinden, als ich rechts und links von kräftigen Ellenbogen gestoßen wurde, ehe ich wieder die Ausgangsthüre gewinnen konnte. — Wägler drängte mit dem Abschluß, doch ohne ein Hamlet zu sein, war ich ein wenig von der bleichen Farbe der Reflexion angekränkelt: ich pflegte meine Entschlüsse und Vorsätze zu überschlafen. Ich machte indeß kein Hehl daraus, daß das Geschäft mir imponiert hatte und daß ich wohl den Rest jener Scheu überwinden werde, die es mir schwer machte, im Interesse meines Geldbeutels mich dem vierten Stande zu nähern.

Den 12. Oktober.

Ich saß heute gerade beim Frühstückskaffee, als ich ein zierliches Briefchen durch den Postboten erhielt. Frau Tummel, die gerade zugegen war, zupfte an den Bändern ihrer Haube und meinte, das werde wohl ein Liebesbriefchen sein und dann verließ sie das Zimmer mit verschämtem Lächeln. Ich sah mir den Brief von allen Seiten an und wollte eine Zeit lang die Spannung genießen, die mit der Enträtselung solcher von der Post übermittelten Geheimnisse verbunden ist: war es die Nebisch oder gar die Wendig? So hoch verstiegen sich meine Erwartungen und Hoffnungen, doch bei näherem Hinblick fand ich, daß die Schriftzüge der Adresse nicht von einer zarten Hand, sondern nur von einem handwerksmäßigen Schreiber herrühren konnten: so gediegen waren sie, so regelrecht, so weit ausgreifend — und das stand in offenbarem Widerspruch mit dem niedlichen

Format und dem Duft des Parfüms, der mir aus dem Briefchen entgegenströmte.

Endlich entschloß ich mich, es zu erbrechen: es war mit einer offenbar verstellten Handschrift geschrieben, die Buchstaben legten sich alle zurück, als fürchteten sie, bei regelrechtem Aufmarsch ihr Inkognito zu verraten. Und doch war es kein Liebesbrief, wie ich anfangs vermutete, und meine geschmeichelte Eitelkeit mußte rasch den Rückzug antreten. Es war ein Geschäftsbrief, kurz und bündig:

„Kaufen Sie nicht die Blauersche Restauration, es ist ein klägliches Geschäft. Gestern gab Blauer zur Stunde Ihres Besuchs Freibier, daher der Zulauf! Veritas."

Anonyme Briefe... ich lasse sie sonst in den Papierkorb wandern; irgend ein Konkurrent... ein Restaurateur... ein Agent... man kennt ja die freundliche Gesinnung, welche sie gegen einander hegen. — Indeß, ich will diese Zeilen nicht zum Papierkorb verdammen... ich will diese parfümierte veritas in meiner Schublade aufheben und gelegentlich nähere Erkundigungen einziehe.

Wägler hat sich doch vielleicht täuschen lassen... ein so gewiegter Agent!

Ich war verstimmt... das Freibier hatte einen zu peinlichen Eindruck auf mich gemacht... trieb man sein Spiel mit mir? Und wer... der Verkäufer oder der geheime Briefschreiber?

Ich ging in die Buchdruckerei... ich fand Doktor Meuterer wieder in seiner wollenen Jacke, aber bei guter Laune... er las dem Herrn Kröber einen Artikel vor, den er eben vollendet... Die Zeichnung lag daneben. — Es war der Direktor des Theaters als Sultan... sehr gut getroffen... Die kleinen lüsternen Augen... das faunische Lächeln... die breitkräftige Gestalt... das imponierende Air des Zirkusdirektors... die Peitsche hielt er in der einen Hand, das Schnupftuch in der andern. Ringsum saßen die Odalisken auf Fußschemeln... den Tamtam in der Hand... und lächelten ihm zu... besonders die eine, welche sich schon bereit hielt, das Schnupftuch aufzufangen... sie war der Primadonna wie aus den Augen geschnitten, wie Meuterer erklärend bemerkte.

Ich hatte eine hohe Meinung von der Schaubühne,

sie sollte bildend anf das Volk wirken — ihre Räume ein Asyl sein für alles Schöne und Gute. Erhabene Gesinnungen sollten den Geist erheben, edle Rührungen das Herz läutern, und wenn uns heitere Lebensbilder vorgeführt werden, so sollten uns diese nicht nur in eine heitere Stimmung versetzen, sondern es sollte unmerklich uns auch eine Lehre daraus entgegentreten, welche auf den gesellschaftlichen Verkehr eine heilsame Wirkung ausübte. Darum sollen aber auch Künstler und Künstlerinnen eine gewisse priesterliche Hoheit wahren und vor allem der Leiter der Bühne nicht blos mit den Theatergesetzen wirken, sondern auch der Souverän sein, der mit seinem Beispiel allen voranleuchtet.

Wie ich nun erfuhr, entsprach der Lenker unseres Thespiskarrens in keiner Weise meinem Ideal und ich konnte es daher nur billigen, daß gegen einen Don Juan, der den Kunsttempel entweihte, die Satire schonungslos einschritt.

Meuterer las mir seinen Text zu diesen Illustrationen vor. Er war reich an allerlei Anspielungen, die ich zum Teil nicht verstand, und auch manche Odaliske erhielt einen Seitenhieb; doch es herrschte im ganzen ein ernster Ton. Der Verfasser verwaltete gewissenhaft das Amt des Sittenrichters, und ich gönnte einem Kunstleiter, der solche Unsitte in seinem Institut förderte, die Striemen der satirischen Peitsche.

Die anderen Artikel dagegen schienen mir etwas zahm zu sein; nichts Beißendes und Aetzendes, allerlei harmlose Anekdoten — ja sogar eine Reklame für einen Theateragenten, der auch die satirische Peitsche verdient hätte. Doch er war mit Kröber befreundet, und ich mußte wohl ein Auge zudrücken. Rücksichten überall, selbst bei einem Blatt, welches die Rücksichtslosigkeit auf seine Fahne geschrieben. Verdrossen ging ich nach Hause. Es war ein düsterer Oktobertag, Regenwolken hingen am Himmel; meine Zukunft schien mir ganz verschleiert zu sein — doch ein Lichtblick, das Bild der anmutigen Sophie! Ich werde sie wiedersehen, und die kleinen Aergernisse und Kümmernisse werden wie unangenehme Traumbilder hinter mir versinken.

Frau Tummel brachte mir einen Brief von meiner Mutter . . . das stimmte mich wehmütig . . . ich sah mit Thränen in den feucht niederrieselnden Nebel hinaus . . .

die gute Muter ... wie sie um mich besorgt ist ... wie sie mir alles Glück in der Welt wünscht ... und es läßt sich doch garnicht darnach an, als ob das Glück bei mir einkehren wolle. Ich sah mich wieder in meinem Arbeits= stübchen ... mit dem Blick auf die Pappelchaussee und die duftigen Berge ... es war doch traulich dort. — O, daß der Mann hinaus muß ins feindliche Leben.

Bertha läßt mich grüßen ... Mama hat es ganz schüchtern unten in die Ecke gekritzelt ... und da stand dieser Name ja auch bei mir ... ganz unten in der Ecke. Man soll eine gute, treue Freundin nicht vergessen: lieber sich einen Knoten ins Schnupftuch machen, um gelegentlich an sie zu denken. Man erlebt so viel Neues, man ver= gißt so viel: es bedarf einer kleinen Nachhilfe. Nun, der Knoten ist fertig, das gute Mädchen soll mit mir zufrieden sein; ich werde an sie denken, so oft ich mein Schnupftuch in die Hand nehme.

Den 16. Oktober.

Der heutige Tag gehört zu meinen roten Kalender= tagen: den ganzen Vormittag war ich so aufgeregt, daß mir die Zeilen eines Artikels, den ich schreiben wollte, immer vor den Augen tanzten und ich mühselig nach pikanten Wendungen suchte, die mir sonst von selbst zuströmten. Es sollte wieder ein gemeinnütziger Artikel werden; ich hatte mir einiges über die „Lokalkrankenkassen" zusammen= gelesen; am pikantesten schreibt man doch immer über die Dinge, von denen man wenig versteht: sonst bekommen solche Abhandlungen ein grämliches, gelehrtes Ansehen. Doch ich mußte immer die Feder wieder beiseite legen und an den Nachmittagskaffee denken. Nach Tisch machte ich einen weiten Spaziergang in den Anlagen vor dem Thore der Hauptstadt: ich sah fortwährend nach der Uhr, es war, als ob die Zeiger hängen geblieben wären ... endlos dehnte sich die Zeit, dazu ein Regensturm, der die feuchten Blätter von den Bäumen wirbelte und mir mit den kalten Tropfen ins Gesicht trieb. Endlich schlugs von allen Thürmen der Stadt und ich konnte den geflügelten Schritt zur Wohnung der roten Käthe lenken ... Als ich an der Flurthüre stand und die Klingel zog, wurde ich bereits auf's angenehmste durch ein heftiges Bellen überrascht: der kleine Lulu war schon anwesend, also auch Sophie . . . und meine Pulse schlugen lebhafter. Die Thüre öffnete sich und über das bellende Hindernis hinweg, das sich mir mit merkwürdigem Ungeschick zwischen die Füße drängte, trat ich ins Zimmer. Die beiden Freundinnen kamen mir entgegen und empfingen mich mit freundschaftlichem Hände=druck. Die Hand Sophiens behielt ich etwas länger in der meinigen, als unumgänglich nötig gewesen wäre . . . und sie wurde mir auch nicht mißgünstig entzogen. Und als sie nun auf dem Sofa saß . . . welch' anmutiges Bild! Die blonden Haare und die braunen Augen . . . es war fast wie ein Naturspiel. Die Augen hatten etwas beherr=schendes und wenn sie groß aufgeschlagen waren, so glaubte man tief in die Seele hineinzusehen . . . und in dieser Seele mußte Feuer und Leidenschaft wohnen.

Dieses Braun nahm bisweilen einen grünlichen Schimmer an, und wie schillernde Schlänglein zuckte es darin hin und her bei jeder Erregung und bisweilen auch bei schalkhaftem Lächeln. Das üppige blonde Gelock aber machte einen so sanften Eindruck . . . es wollte garnicht recht zu den versteckten Feuergeistern passen, die bisweilen in diesen Blicken auf=lohten; kurz, das ganze liebenswürdige Wesen gab uns gleichsam ein Rätsel zu erraten auf . . . wer löst solche Rätsel glücklicher als die Liebe?

Und ich fühlte ihren Zauber, denn es zog mich un=widerstehlich zu ihr hin; ihre Fingerspitzen, die Falte ihres Kleides zu berühren, war für mich ein beseligendes Gefühl, und ich benutzte alle Kunstgriffe, die bei einer so einfachen Sache, wie ein gemeinschaftliches Kaffeetrinken ist, möglich sind, um mir dies Gefühl zu verschaffen. Ich bin sonst unpraktisch, aber hierin war ich erfinderisch. Wenn sie nach der Zuckerzange griff, war ich stets zur Hand, sie ihr zu reichen und wußte es bei dieser galanten Zuvorkommenheit so einzurichten, daß unsere Finger miteinander scharmützeln mußten.

Ich verschüttete zuweilen etwas vom Saft des edlen Mokka, griff nach meinem Schnupftuch, ließ dieses aus der Hand fallen, und wenn ich mich unter den Tisch bückte, es aufzuheben, streifte ich ihr schillerndes Kleid — es war, glaube ich, Seide — und zwar mit einem ganz eigentüm=

lichen Gefühl. Der Knoten, der mich an Bertha erinnerte, war mir in diesem Augenblicke nicht angenehm, und ich vergrub ihn so rasch wie möglich in dem zusammengefalteten Taschentuch.

Doch so trefflich der Kaffee, so angenehm der Streußel=kuchen mir schmeckte . . . die rote Käthe stammte nämlich aus Schlesien . . . und so sehr ich in meinen stummen Gefühlen schwelgte: die Unterhaltung mußte doch auch in Gang kommen, und ich fragte Sophie, warum sie sich der Bühne widmen wollte.

„Es sind unglückliche Lebensverhältnisse, die mich dazu nötigen," versetzte diese, „man sagte mir, ich würde gut aussehen, ich hätte ein wohllautendes Organ, und das wäre schon gewonnenes Spiel."

„Das Mädchen hat Talent," versetzte die rote Käthe mit mütterlichem Ton, die Brinkel des Streußelkuchens von den phantasievollen Arabesken der Häkelarbeit fort=blasend, welche als Kaffeeserviette diente.

„Hierzu kommt," sagte Sophie, „daß ich stets für das Theater schwärmte, und daß die Verse der Dichter leicht in meinem Gedächtnis hafteten; doch ich bin noch immer schwankend und trotz fleißiger Vorbereitungen für diesen Beruf kann ich einen festen Entschluß nicht fassen."

„Glauben Sie ihr nicht," versetzte Katharina, „sie ist nur bisweilen etwas entmutigt . . . in der Regel ist sie Feuer und Flamme für die edle Kunst. Und nun hat sie noch das Glück, die Bekanntschaft eines einflußreichen Journalisten zu machen, der vorher und nachher für den Erfolg ihres Debüts in der Presse wirken wird."

Ich fühlte mich sehr geschmeichelt durch diese Aner=kennung der bedeutenden Stellung, die ich mir als Mit=herausgeber der „Brennesseln" erworben: doch Sophie machte eine ablehnende Bewegung, nicht als ob sie mein Lob verkleinern wollte; sie wünschte nur, mich nicht zu be=lästigen, meine Güte nicht in Anspruch zu nehmen.

„Ich weiß nicht," sagte sie, „ob meine Leistung dem Herrn gefallen wird, und ich will sein unbefangenes Urteil durchaus nicht bestechen, auch nicht durch die leiseste Bitte. Er wird nach seiner Ueberzeugung urteilen."

„Aber, liebes Kind," versetzte Käthe, ein erstes Debüt

ist von größter Wichtigkeit, und doch fällt kein Meister vom Himmel. Den jungen Talenten muß die Stätte bereitet werden; dazu sind wohlwollende Gönner unentbehrlich. Man muß beim Publikum schon vorher Stimmung machen . . . die Stimmung ist die Hauptsache."

„Ich bin ja gern bereit," versetzte ich, „das Publikum auf die junge Debütantin hinzuweisen . . . und es läßt sich ja viel, ausnehmend viel zu ihrem Lobe sagen, was die Künstlerin empfiehlt, auch wenn ihre Kunst noch nicht die Reife der Vollendung erreicht hat."

Obschon ich den kritischen Dreifuß erst nächstens besteigen wollte, so orakelte ich doch schon mit vielem Selbstvertrauen . . . und wie mir später auf der Treppe einfiel, schwebte ein schalkhaftes Lächeln um die Lippen Sophiens, obschon sie kein Wort sagte und andächtig zuzuhören schien; ja, ich ärgerte mich nachträglich, daß ich nicht durch einen oder den andern Zusatz meine selbstgewisse Weisheit etwas abgemildert hatte: denn ich übersetzte mir auf der Treppe das Lächeln in boshafte Worte, und die hätten wohl gelautet: der junge Mann geberdet sich, als ob seine kritische Weisheit schon seit Jahrzehnten gargekocht sei . . . und er hat doch eben erst das grüne Gemüse ausgerupft, das er in den Kochtopf werfen will.

Hierauf begann Sophie ihre Begeisterung für die freie Natur auszusprechen: sie hatte ihre Kindheit und Jugend auf dem Lande verlebt: die Fluren und Wälder, die freien Aussichten, die wechselnde Beleuchtung . . . sie schilderte alles . . . sie hatte Sinn für alles. Darum ihr Widerwillen gegen das Koulissengrün, die erlogene pappene Natur . . . sie rufe ihr durchaus keine Illusionen hervor, wie neulich dem Roß Grane in der Wagnerschen Walküre, welches an diesem Grün herumzuknuspern begann, weil es dasselbe für naturwüchsig hielt. Auch diesen Widerwillen müsse sie erst besiegen lernen, ehe sie vor die Prosceniumslogen trete.

Wie reizend war das alles, was sie sagte . . . wie poesievoll! Wie leuchteten ihre braunen Augen bei den Erinnerungen an ihre Kindheit und Jugend. Und als auch ich den gleichen Ton anstimmte und die Schönheiten der bescheidenen Landschaft pries, welche mein Heimatsstädtchen umgab, da warf sie mir so freundliche Blicke zu . . . ich hätte sie ans Herz schließen, feurige Küsse auf ihre Lippen drücken mögen . . . o, es ist kein Zweifel, wir verstanden uns . . . wir sind für einander geschaffen. Ihr Gemüt ist noch wie ein unbeschriebenes Blatt, ganz wie das meine, auf welches jetzt erst die ersten Krähenfüße gekritzelt worden. Wenn wir uns nur näher treten . . . uns nur ungestört sprechen könnten!

Auf einmal klingelte es draußen lebhaft . . . und das Mädchen meldete Herrn Rittergutsbesitzer Wägler.

Sophie erschrak und sprang vom Sofa auf: sie durfte hier nicht gesehen werden, am wenigsten in Gesellschaft eines jungen Mannes, in meiner Gesellschaft. Es stand zu viel für sie auf dem Spiele . . . sie hatte ganz besondere Rücksichten zu nehmen. Die rote Käthe erkannte dies vollkommen an und half ihr in aller Geschwindigkeit das Feld räumen und sich in ihrem Schlafzimmer verstecken. Doch etwas hatte man bei diesem beschleunigten Rückzug vergessen, und dies Etwas brachte sich auf einmal lärmend in Erinnerung. Es war Lulu, der, durch das Klingeln aus seinem Schlummer aufgescheucht, jetzt, da er draußen Schritte hörte, lärmend an die Thüre fuhr. Sophie stieß nebenan einen halbunter=
drückten Angstschrei aus: denn Lulu war ein in weitesten Kreisen bekannter Hund, und Wägler insbesondere hatte hier früher einmal seine Bekanntschaft gemacht, und er hatte einen scharfen Blick für Vierfüßler, da sich seine Agentur auch auf Hunde erstreckte. Die rote Käthe flüsterte durch die halbgeöffnete Thüre der Freundin einige tröstende Worte zu, schloß dann ihr Schlafzimmer ab, räumte rasch die dritte Tasse vom Tisch . . . und Wägler wurde zu= gelassen. Er schien angenehm überrascht, mich hier zu finden. Da sich Lulu noch immer nicht beruhigen wollte, so behandelte ihn Katharina mit einer grausamen Energie . . . sie versetzte ihm einen Fußtritt, daß er quiekend unter den Tisch fuhr und sagte dann:

„Entschuldigen Sie nur, Herr Wägler . . . ich habe das kleine Beest heute in Pension nehmen müssen . . . meine Freundin hat einen Ausflug aufs Land gemacht . . .

doch sie kommt abends zurück und wird diesen Störenfried dann wieder abholen."

"Hm, hm," sagte Wägler, "einen Ausflug aufs Land?"

"Ihre Hauswirte haben dort eine Meierei und ein Gärtchen und haben sie eingeladen."

Während die rote Käte ihrem Gast eine Tasse Kaffee eingoß, beschäftigte sich dieser, dem der Ehrenplatz auf dem Sopha eingeräumt worden, wo Sophie gesessen, eifrig damit, die Krümeln von dem Streußelkuchen fortzublasen, die sich in verschiedenen, ziemlich dichten Gruppen auf dem Tischtuch angesammelt hatten. Wägler lächelte bei diesem Blasen und Schütteln so herausfordernd, daß ich im Herzen geneigt war, eine Realinjurie zu begehen.. die reizende Sophie hatte bei ihren Jugendschilderungen die unbezwingliche Neigung des Streußelkuchens, in seine Atome zu zerfallen, nicht genugsam berücksichtigt.

"Es ist recht," sagte Wägler, als er sich wieder in Ruhestand versetzt hatte und die Tasse Mokka schlürfte, "liebe Freundin, daß Sie junge, talentvolle Schriftsteller in Ihre Salons aufnehmen, man muß sich die Litteratur erziehen. Berühmt wird man eben nur durch die Presse.. auch die berühmten Generäle wurden nicht durch das Pulver berühmt, sondern nur durch die Druckerschwärze."

"Wer sagt Ihnen denn," versetzte Katharina mit einem etwas herausfordernden Lächeln, "daß ich berühmt werden will? Der Ruhm hat etwas Kaltes und ich fürchte, man wird zuletzt eine Marmorfigur, wie die in den Museen. Nein, das Leben will auch sein Recht! Und warum soll mich ein junger Mann nicht liebenswürdig finden können?"

Ich wußte ihr Dank, daß sie den Verdacht eines rendez-vous auf sich ablenken wollte und ich suchte ihre koketten Blicke zu erwidern, so weit dies in meinen noch ungeschulten Kräften stand.

"Man wünscht doch die Künstlerinnen näher kennen zu lernen, die uns durch ihr Spiel auf der Bühne Sympathie einflößen. Und wie oft belohnt sich das in überraschender Weise, indem wir entdecken, daß sie dort nicht immer ihr Bestes geben, daß ein reicher Ueberschuß an Geist und Gemüt ihr Boudoir verschönt, während der auf der Bühne verbrauchte Fonds nur die nötigen Kosten deckt; so hat mich auch Fräulein Rebisch überrascht."

„Sorgen Sie nur dafür," warf Wägler ein, „daß die junge Dame bedeutendere Rollen erhält; dann werden Sie auch auf der Bühne von ihr überrascht werden. Die Presse kann viel thun: Sie erkennen an, daß Fräulein Rebisch einen Ueberschuß an Geist besitzt ... es ist ein Fehler der Direktion, dergleichen nicht zu verwerten ... eine Versündigung am Publikum: verkündigen Sie das mit lauter Stimme!"

Ich gab eine halbe Zusage, mit der diplomatischen Klausel, daß ich leider nicht allein über das Blatt zu verfügen hätte. Im Uebrigen saß ich wie auf Kohlen ... das Gespräch sprang von einem Gegenstand auf den andern über ... Lulu wurde schon unruhig ... der Rittergutsbesitzer machte keine Anstalten aufzubrechen ... Die arme Sophie studierte gewiß in stiller Verzweiflung Tapetenmuster im Schlafgemach ... ich mußte die Hoffnung aufgeben, sie heute noch zu sehen und setzte nun alle Hebel an, um auch den unbequemen Glatzkopf mit aus dem Wege zu räumen und ihre Gefangenschaft abzukürzen. Herr Wägler bahnte mir selbst den Weg dazu, indem er auf unsere freundschaftlichen Beziehungen zu sprechen kam.

„Es ist ein solider Herr, unser Herr Rotpfennig," sagte er, „ich stehe selbst mit ihm in Geschäftsverbindung. Sie können ihm volles Vertrauen schenken, Fräulein."

„In der That," versetzte ich, „Herr Wägler und ich haben über wichtige Angelegenheiten zu verhandeln. Vielleicht erlaubt es jetzt Ihre Zeit ... wenn wir zusammen fortgehn ... wir können die Sache unterwegs besprechen."

Herr Wägler witterte ein Geschäft oder mindestens den Abschluß des letzten ... und dies machte ihn bereitwillig, aufzubrechen. Ich warf noch einen sehnsüchtigen Blick nach der Thür des Schlafzimmers, den Katharina verständnisvoll auffing, und wir gingen fort, von Lulu mit lärmendem Gebell verabschiedet. Schon auf der Treppe begann Wägler von der Blauerschen Restauration zu sprechen, die er wieder mit großer Zungengeläufigkeit rühmte. Ich hörte stillschweigend zu und zuckte bisweilen mit den Achseln, was ihn offenbar sehr unangenehm berührte. Auf der Straße angekommen, erzählte ich ihm von der Mitteilung, die ich erhalten und daß Blauer zu unserer Besuchsstunde Freibier gegeben.

„Ich glaube nicht daran", sagte Wägler, irgend eine anonyme Verleumdung . . . man kennt das. Doch wenn es der Fall wäre, es wäre abscheulich von dem Manne — und ich würde seinen Namen aus meinen Geschäftsbüchern streichen. Wägler war sehr verdrießlich, obschon er sich's nicht merken lassen wollte; ich nahm es ihm nicht übel, denn sein Kredit steht auf dem Spiele. Schon an der nächsten Straßenecke trennte er sich von mir, um einen notwendigen Besuch in einem benachbarten Hotel zu machen, wo einer seiner Kunden abgestiegen war.

Ich hatte die Blauersche Bierwirtschaft bald vergessen . . . mich beschäftigten wichtigere Dinge. Erklären konnt' ich mir nicht, warum Sophie mit solcher Peinlichkeit jede, auch die zufälligste Berührung mit einem Herrn in Gegenwart Dritter vermied . . . die treue Freundin ausgenommen: doch es erschwerte mir dies so sehr, mich ihr zu nähern. Und doch war ich dazu fest entschlossen; denn ich merkte, daß ich ihr nicht gleichgiltig war. Ich ging über allen möglichen Plänen brütend hin und her; zuletzt erschien es mir als das beste, mich rückhaltlos der befreundeten Künstlerin anzuvertrauen und um ihre Hilfe zu bitten: vielleicht konnte sie mir doch den Zutritt zu den verschlossenen Gemächern öffnen, in denen die Wunderblume im Verborgenen blühte. Zur Herzensgüte der roten Käthe hatte ich indes nicht volles Vertrauen . . . sie war eben eine Schauspielerin, die einen nicht leichten Kampf ums Dasein führte und daher auf ihren Vorteil bedacht . . . ich mußte sie zu gewinnen suchen . . .

Nun, so gut wie die Trinkler konnte sie auch in den „Brennesseln" abgebildet werden: dazu ein kleiner Artikel von mir. Der Buchdrucker mußte nach meiner Pfeife tanzen . . vielleicht opferte ich einen Nachschuß; wenn es nötig war. Bild und Artikel in dem gefürchteten Blatte: dann war ich des guten Willens der roten Käthe und ihrer eifrigen Dienste sicher und sie drückte mir selbst den Schlüssel in die Hand, der in das Heiligtum meiner angebeteten Schönen führte. Ich muß um jeden Preis mit ihr allein und ungestört sein können .. das ist der heiße Wunsch, der mich erfüllt, das Ziel, dem ich nachstrebe.

Den 24. Oktober.

Nichts ist schwerer zu ertragen, als eine Reihe von sonnigen Tagen — sagt der Dichter! doch auch eine Reihe von trüben Tagen übt eine niederschlagende Wirkung aus. Der kalte Nordwind .. die Bäume draußen immer mehr entblättert, bald gänzlich kahl und nackt .. ist es nicht grausam, daß sie gerade dann so hilflos und hüllenlos dastehen, wenn sie von den eisigen Winterstürmen gepeitscht werden?

Ich hatte mich erkältet und mußte einige Zeit das Zimmer hüten: doch mochte der Knoten des Schnupftuchs mich noch so oft an Bertha erinnern .. ich dachte nur an Sophie. Kaum war ich wieder genesen, als ich Fräulein Rebisch einen Besuch machte — einmal — zweimal — und beidemale vergeblich, ich werde an sie schreiben, doch erst, wenn ich ihr bestimmt mitteilen kann, daß ihr Bild in den „Brennesseln" erscheinen wird. Wie war ich übrigens erstaunt, als ich das Bild des Sultans und seiner Odalisken wieder nicht in unserem Blatte fand, ebensowenig den Artikel, der den Theaterdirektor mit so schneidender Schärfe behandelte.

Statt dessen fand ich hier das Bild eines reichen Kunstmäcens, der sich auch als Dichter versucht und ein höchst elegant ausgestattetes Bändchen Novellen veröffentlicht hatte, welches in allen angesehenen Familien der Stadt auf allen Schautischen des Salons neben den ungelesenen Prachtausgaben der Dichter lag, denen das Glück zuteil geworden, mit Hilfe der Illustration diese Auszeichnung zu erlangen! Und neben dem geschmeichelten Portrait des Mannes, der das Vorrecht des Genies, ein apartes Gesicht zu haben, mißbrauchte, ein Artikel, in welchem ihm tapfer das Weihrauchfaß um die Nase geschwungen wurde.

In voller Entrüstung ging ich diesmal in das Atelier der „Brennesseln" und setzte den Redakteur und Mitherausgeber zur Rede, die ich beide bei einem Austernfrühstück mit Chablis angenehm beschäftigt fand. Man hatte die Freundlichkeit, auch mir ein Glas des weißen Burgunders vorzusetzen und ebenso den Rest der Mollusken.

Es schien eine recht gute Sorte, englische Natives zu sein . . doch ich lehnte diese Gastfreundschaft ab und als Miteigentümer des Blattes nahm ich jetzt eine imponierende Miene ein.

„Wiederum fehlt das Bild und der Artikel . . Zeichnung und Text müssen doch bezahlt werden . . wozu diese doppelten Unkosten . . Was der Redakteur acceptiert hat und was dann nicht von ihm aufgenommen wird . . das hat er zu bezahlen. Merken Sie sich das, Herr Meuterer!"

Dieser blickte mit seinen schwarzen, funkelnden Kohlenaugen wie fragend zu dem Unternehmer empor . . und ein Grinsen seines breiten Mundes drückte die Hoffnung aus, daß Herr Kröber die Rechte des Mitbesitzers wahren werde; doch dieser schien etwas verlegen zu sein; er strich sich die immer wieder zurückfallende Locke ärgerlich von der Stirne; sein sonst blasses Gesicht hatte jetzt der Chablis mit glänzender Röte überhaucht . . doch er nahm einen mißmutigen Ton an, indem er sagte:

„Ich bekenne mich schuldig . . ich hatte nicht genug bedacht, daß wir zum Theater jetzt in nähere Beziehung getreten sind. Die Kritik soll unparteiisch sein . . . wir können doch nicht ein Aushängeschild von so feindseliger Tendenz bringen. Man hält uns dann sogleich für Gegner der Direktion und glaubt unserm Tadel nicht. Das alles war mir leider! zu spät eingefallen. Die Zeit drängte, die Nummer mußte ans Licht: ich konnte Ihnen nicht mehr Mitteilung davon machen. In aller Eile fanden wir keinen anderen Ersatz . . als das Bild eines hier sehr beliebten Dichters."

„Eines Bänkelsängers mit seinen Manschetten; eines Novellisten, der einen grenzenlos geschraubten Styl schreibt. Da müssen uns ja alle Tertianer auslachen."

„Die Tertianer lesen die „Brennesseln" nicht . . . aber die haute volée liest sie . . . und die ist entzückt von den Novellen unseres Poeten. Sein Bild verschafft uns zahlreiche Abonnenten in unseren Patrizierkreisen . . . auch die Sportsmen zählen ihn zu den Ihrigen."

„Da wollen wir doch lieber gleich in der nächsten Nummer sein Pferd bringen", sagte ich ärgerlich.

„Kein übler Gedanke", versetzte Meuterer, „der Achilles,

der sich den letzten Preis geholt, verdient eine solche Auszeichnung."

„Lassen Sie sich nur gleich als Jockey auf das Pferd setzen; ich denke, Sie werden auf der Wage nicht zu schwer befunden werden, auch wenn Sie sich einen Stoß Makulatur Ihrer sämtlichen Artikel in die Tasche stecken."

Ich war erregt; wiederum grinste Meuterer und blickte zu Kröber empor. Er schien unentschlossen, ob er mir ebenso schneidig erwidern oder über diesen „Witz" beifällig lachen solle... Kröber aber schwieg und ich hatte das Gefühl, daß mein entschiedenes Auftreten ihm imponierte ... ich fuhr daher in demselben Tone fort:

„Und das bitte ich mir aus, daß keine Aenderung künftig vorgenommen wird, ohne daß ich vorher davon Kenntnis erhalten und meine Zustimmung gegeben habe. Für die nächste Nummer werde ich das Bild von Fräulein Rebisch zeichnen lassen und einen kleinen Artikel dazu schreiben."

„Aber, Herr Rotpfennig ... diese Rebisch .." wagte Kröber einzuwenden ...

„Ist keine Berühmtheit, nur eine Utilität ... ich weiß; doch es erfordert die Gerechtigkeit, daß man diesen tüchtigen Kräften, welche oft nur im stillen wirken, die gebührende Anerkennung zu Teil werden läßt. Es sind die wahren Stützen der Bühne; ich dulde hierin keinen Widerspruch."

Meuterer ließ sich ein neues Glas Chablis einschenken und trank es in einem Zuge aus.

„Die Kritiken über die nächsten Aufführungen werde ich selbst schreiben", sagte ich, „es sind ernste Dramen; Herr Meuterer hat inzwischen Ferien."

„Ich hoffe, daß unsere Kritiken nicht nach allen Richtungen der Windrose auseinanderfahren werden", versetzte Meuterer, „das würde dem Ansehen des Blattes schaden."

„Sie haben sich nach mir zu richten", sagte ich kurz und griff nach meinem Hute. Ich kam mir vor, wie ein Machthaber, der seine Befehle rücksichtslos erteilt und erst auf der Straße fiel mir ein, daß es doch eine fast unwürdige Zumutung an einen Kritiker ist, seine eigene Ueberzeugung aufzugeben und sich nach einer anderen Meinung zu richten. War das die Gedankenfreiheit, für die ich schwärmte? Ich war ja schlimmer als ein Tyrann, der nur den Leib, nicht die Seele zerstört.

Doch ehe ich noch die Straße erreicht hatte, kam mir Kröber über die schräge Thürschwelle nachgestolpert und meinte, ein Nachschuß von tausend Mark würde wohl nötig sein, aber sich später wieder einbringen lassen, das Abonnement sei im Zunehmen, aber allerlei Extrakosten...

Ich beauftragte ihn, mir den genauen Etat des Blattes mit den bisherigen Einnahmen und Ausgaben zusenden zu wollen... vielleicht würde ich mich noch zu einem weiteren Opfer entschließen; dann aber müßten vor allem meine Ordres pünktlich befolgt werden. —

Und so schritt ich stolz von bannen... und wäre die Hausthüre eine Theater-Koulisse gewesen... ich hätte sie mit fortgenommen... „Geld ist Macht..." dachte ich bei mir im Stillen... und die Vorübergehenden mochten es mir wohl ansehen, daß ich solche große Gedanken hegte, denn ich schien mit ihnen zu wachsen.

Mein Amt als Kritiker wurde mir schwer genug... nicht blos weil es mir an der nötigen Routine fehlte.. sondern weil fatale Nebengedanken mit meiner Unparteilichkeit im Kampfe lagen. Ueber die meisten Schauspieler sagte ich, was man so zu sagen pflegt: es sind ja immer dieselben Gemeinplätze, nur etwas besser oder schlechtrr stylisiert und ausstaffiert: denn bestimmte Regeln für die Beurteilung der Schauspielkunst giebt es ja nicht und die Gründlinge im Parterre haben für ihre naive Kritik dasselbe Recht, wie der gelehrte Dramaturg, der auf dem Dreifuß sitzt, unter dem die Dämpfe aus Aristoteles, Lessing und anderen berühmten Kunstrichtern in die Höhe qualmen. Doch schon bei der Trinkler geriet ich in Verlegenheit.. ihre Elisabeth war entsetzlich.. sie betonte alles falsch.. und in der Szene mit der Maria Stuart stemmte sie die Ellenbogen in die Seite, wie ein Marktweib, das den Gemüsekorb der Nachbarin in der Wut mit dem Fuße umgestoßen hat.. Und doch.. unsere „Brennesseln" hatten ja ihr Bild aufgenommen mit einem lobhudelnden Artikel dieses Meuterer, den ich schon deshalb in den Abgrund der Hölle verwünschte.. Was sollte ich von dieser Elisabeth sagen? Ich glitt mit der Wendung darüber hinweg, daß

Fräulein Trinkler heute nicht so gut disponiert gewesen wie sonst! Und nun meine Freundin Rebisch — sie spielte die gute Kennedy, jedenfalls eine sehr brave Person; doch den warmen, treuherzigen Ton dafür fand sie nicht: das liegt nicht in ihr. Und was läßt sich überhaupt über die Kennedy sagen? Noch schlimmer ging mir's zwei Abende darauf mit dem „Wilhelm Tell". Da spielte sie die Armgart, eine hochtragische Rolle .. ich glaube, die Tragödin war in aller Eile heiser geworden, da ihr diese dem Umfang nach so kleine Partie nicht genehm war. Katharina sprang ein, wie immer, wenn die Not am größten war .. sie besitzt aber nicht die hochtönende Stimme der Heldin. Unsere Regie ließ den Geßler zu Pferde kommen. Das Theaterpferd, auf welchem Abends vorher der Rienzi gesessen, war aber diesmal ausnahmsweise unruhig .. und die Rebisch ist keine rossebändigende Amazone. Als sie das Pferd am Zügel faßte und dasselbe zu kourbettieren anfing, wich sie erschrocken zurück, raffte ihre beiden Kinder auf und warf sich dann mit den armen Würmern hilfeflehend in einen Winkel der Bühne und so schüchtern in einer Entfernung von Geßlers Roß auf die Erde, daß die Szene ganz um ihre Wirkung kam. Mir blieb nichts übrig, als ein Feuilleton über dies Pferd zu schreiben und über die Berechtigung des Landvogts, die hohle Gasse beritten zu passieren und dann in einem Zwischensatze ganz beiläufig der opfermütigen Armgart das Lob zu spenden, daß sie sich durch das wilde Pferd nicht aus dem Text der Schillerschen Verse habe herausschrecken lassen.

Während ich jedes Wort auf die Wage legte mit jener sorgsamen Erwägung, welche ein Diplomat einer in Chiffreschrift abgefaßten Note schenkt, ließ sich Herr Fiebe bei mir anmelden und forderte mich auf, das verkäufliche Rittergut, das eine Stunde von der Stadt gelegen ist, zu besichtigen. Es sei ein brillantes Geschäft zu machen und er wünsche nur ein bescheidenes „Geschäftsgeld", wenn dasselbe zustande komme. Ich verabreichte ihm eine Cigarre und bat ihn, sich etwas zu gedulden, bis ich den letzten Strich an meinem kritischen Gemälde vollendet, ich würde mich dann zu der Fahrt rüsten; denn ich sehnte mich nach etwas frischer Luft, obschon draußen ein kalter Nordwind wehte. Der Druckerjunge wartete schon in der Küche der Frau Tummel, welche diesen verhungerten Merkur bisweilen auffütterte aus Menschenfreundlichkeit. Er konnte sich bald mit meiner Tellkritik auf den Weg machen.

Der dürre Mann mit der blauen Brille und ich nahmen ein Gefährte und fuhren hinaus nach Rieselau. Unterwegs rühmte Herr Fiebe die seltenen Erträge des Gutes, und als wir seine Grenzmarken erreicht hatten, da wurde er nicht müde, den Boden erster Klasse rechts und links und die ganz ausgezeichnet bewirtschafteten Felder anzupreisen: es ginge alles am Schnürchen.

Das sogenannte Schloß war ein einstöckiges Haus, welches einige Spuren des Verfalls trug, und auch die Wirtschaftsgebäude schienen nach meinem laienhaften Verständnis sich nicht im besten Zustande zu befinden. Wenigstens bemerkte ich beim Vorübergehen, daß die Wand des Kuhstalls einige Löcher aufwies, welche mir gestatteten, das ganze Profil eines Hörnerträgers von außen so deutlich zu beobachten, daß ich ein Relief davon hätte arbeiten können. Der jetzige Besitzer, der sich uns anschloß, war ein intimer Freund des Herrn Fiebe, trug auch eine blaue Brille und eine schwere goldene Uhrkette, und machte durchaus nicht den Eindruck, als ob er zur ländlichen Aristokratie gehöre. Er zeigte mir zunächst den Gutsplan, wir wanderten über den Hof; es war jedenfalls ein intelligenter Landwirt, der die neuesten Erfindungen verwertete; es stand dort ein ganzes Maschinenhaus mit einem englischen Dampfpflug, einer Getreidemähe- und Getreidereinigungsmaschine, Walzen und Eggen jeder Art .. ich habe die Namen vergessen .. doch kam es mir vor, als ob einige davon sehr defekt waren .. Die Räder lagen oft neben den Gestellen und auch an andern losgelösten Bestandteilen der Maschinen fehlte es nicht, die an abgehackte Glieder erinnerten und in den Winkeln sich zu formlosen Eisenmassen auftürmten. Die Landwirtschaft, erklärte Fiebe, sei diesen Sommer mit solcher Energie betrieben worden, und im Kriege fehle es nicht an Invaliden: doch das lasse sich bis zum nächsten Sommerfeldzug leicht in Ordnung bringen. Die weite Ausdehnung der Felder, die wir darauf besichtigten, imponierte mir in der That; sie erstreckten sich bis zu den fernen

Hügeln: nirgends Sümpfe und der Ausrodung bedürftiges Unland . . nur hier und dort ganz kleine Waldparzellen . . . Buschverstecke für Nachtigallen . . Am meisten gefiel mir der Garten am Schloß . . da war ein reizender Anblick ins Weite und ein prächtiges, von Trauereschen umrahmtes Plätzchen, so recht fürs Träumen geeignet . . Und aus dem Bauernhause, welches den stolzen Namen Schloß führte, ließ sich leicht ein trauliches Heim zurecht machen. Vor allem bestach mich der nach meiner Ansicht niedrige Kaufpreis: man hörte ja in unserem Städtchen oft vom Verkauf der benachbarten Rittergüter sprechen, und ich konnte Vergleiche anstellen. Die Sache schien mir der Ueberlegung werth.

„Sie brauchen deshalb," sagte Fiebe, „nicht aufs Land zu ziehen. Setzen Sie einen guten Verwalter her, betrachten Sie das Ganze als ausgezeichnete Kapitalsanlage . . für die Sommerferien haben Sie hier ein grünes Plätzchen zum Ausruhen." Und als der Besitzer, um nach der Wintersaat zu sehen, sich ein wenig' von uns entfernte, setzte er hinzu: Herr Momms ist zwar ein intelligenter Landwirt, aber er hat zu wenig Betriebskapital, und dabei will er all' das Neueste in der Wirtschaft verwerten. Da liegt aber der Knüppel oft beim Hunde! Sie können viel größere Erträgnisse dem Gute abgewinnen."

Ein splendides Frühstück mit einem starken, spanischen Wein versetzte mich in eine rosige Stimmung: ich sah mich hier an der Seite eines geliebten Wesens wie Sophie . . welche reizende Idylle unter den Trauereschen! Das Defekte ließ sich ja leicht herstellen . . der Einblick in den Kuhstall profanen Augen verbauen . . die Räder an die Pflüge schmieden . . Und dann . . Rittergutsbesitzer . . man bedeutet doch etwas in der Welt! — Jedenfalls mußte ich reiten lernen — das fiel mir wieder ein . . denn als Rittergutsbesitzer sitzt man hoch zu Roß! Ich war in einer weltbeherrschenden Stimmung . . und der spanische Wein mochte einige Schuld tragen an den Châteaux d'Espagne, die ich mir aufbaute. Doch einen festen Entschluß faßte ich noch nicht. Ich steckte mir den Gutsplan in die Tasche, um ihn in Muße durchzustudieren. Herr Fiebe erläuterte ihn mir bei der Rückfahrt im Wagen mit genauer Sachkenntnis . .

ich bin zwar kein Oekonom . . aber ich begann schon mich für den Fruchtwechsel zu interessieren.

Am Nachmittag machte ich allein und verschwiegen der Blauerschen Restauration einen Besuch . . es war um dieselbe Stunde wie das erstemal: ich fand Herrn Blauer selbst auf einem seiner defekten Rohrstühle eingeschlafen und als einzigen Kunden einen kleinen Jungen, der ein Glas Bier für einen Maurer des benachbarten Gerüstes holte. Als Hebe hatte sich die rothaarige Magd aus der Küche eingefunden, welche dem kleinen Sendboten den Trunk kredenzte. Diese kräftige Perion schüttelte auch Herrn Blauer wach, der jedenfalls sehr angenehm geträumt hatte und einen Alpdruck erst empfand, als er mich erblickte. Ich genoß in aller Eile einen Stehseidel und sprach harmlos meine Verwunderung aus, daß ich's heute hier so leer fand, während neulich eine erdrückende Fülle geherrscht. „Die Wochentage sind eben verschieden," sagte er gähnend, „heute wird sich's erst am Abend füllen."

Ich verließ Herrn Blauer und sein blühendes Geschäft auf Nimmerwiedersehen und gedachte im Stillen jener geheimnisvollen Veritas, welche mich so nachdrücklich vor diesem Schwindelrestaurant gewarnt hatte. Abends prüfte ich noch einmal die Berechnungen, die mir mein Mitherausgeber zugesendet hatte: ich sah in der That, daß das Abonnement im Zunehmen war und da auch sonst die Bilanz für ein so junges Unternehmen nicht gerade ungünstig schien, so beschloß ich, noch einmal tausend Mark an dasselbe zu wagen und wies meinen Bankier an, sie dem Buchdruckereibesitzer Kröber auszuzahlen.

Den 5. November.

Ich hatte mich bei meiner Fahrt auf das Rittergut erkältet . . mußte wieder längere Zeit das Zimmer hüten . . und so waren alle meine Unternehmungen ins Stocken geraten. Der Artikel über die Rebisch hatte ich geschrieben . . . sie hatte mir einige Daten dazu gesendet . . . ehe ich ihn aber mit dem Bilde in den „Brennesseln" erscheinen ließ, wollte ich ihn persönlich noch als Trumpf bei ihr ausspielen und sie bitten, sie möchte es möglich machen, daß ich mit Sophie Wendig eine ungestörte Zusammenkunft, und am liebsten in der Wohnung der Kunstnovize haben könne. Inzwischen war eine ziemlich gleichgiltige Nummer der „Brennesseln" erschienen, um die ich mich garnicht gekümmert hatte; sie enthielt allerdings meine Theaterkritiken, aber auch eine pikante Zeichnung ... das verschleierte Bild zu Sais oder die Philosophie des Unbewußten! Ein Professor der Philosophie, kenntlich an seiner Habichtsnase und seiner Glatze, war damit beschäftigt, die Schleier von einer ganz verhüllten Figur loszuwickeln, deren Gesicht allerdings kokett aus der verschobenen Hülle blickte und eine frappante Aehnlichkeit mit dem Gesicht unserer prima Ballerina zeigte. Von jenem Professor ging das Gerücht, daß er unserer ersten Solotänzerin in auffallender Weise den Hof machte. Mindestens einmal etwas Pikantes, dachte ich mir, was hat der Mann der Wissenschaft bei dieser Trikotdame zu suchen?

Heute morgen beim Kaffee traf mich wie ein Schlag aus heiterem Himmel eine neue Enthüllung meiner Veritas; dasselbe Parfüm, dieselben großen Buchstaben der Adresse. Ich las und las immer wieder diese rückwärts umfallenden Schriftszüge einer verstellten Hand. War dies alles anonyme Bosheit oder ging es aus Wahrheitsliebe und Kenntnis der Verhältnisse hervor? Ich wollte meinen Augen nicht trauen, sprang auf und lief wie ein Unsinniger im Zimmer hin und her ... das Billet lautete:

„Ich muß Sie warnen .. Sie haben mit schlimmen Gesellen Kompagnieschaft gemacht und geben ein Blatt heraus, das zur Revolverpresse gehört. Sie selbst ahnen nicht, was sich hinter Ihrem Rücken begiebt. Sie werden sich gewundert haben, daß weder die Pariser Mama, noch der Theaterdirektor als Sultan in den „Brennesseln" erschienen sind. Herr Kröber ist zu den betreffenden Herren hingegangen, Bild und Artikel in der Tasche ... er hat ihnen die Pistole auf die Brust gesetzt und beide haben ihm beträchtliche Summen bezahlt, wenn er den illustrierten und illustrierenden Skandal unterdrücken wollte; er hat es gethan und das Geld eingesteckt. Auch bei dem Professor ist er gewesen, doch dieser hat ihm die Thür gewiesen; dafür entschleiert er jetzt das Bild von Sais. Dagegen haben die Trinkler und der reiche Kunstmäcen dafür bezahlt, daß ihre Bilder in der Zeitschrift aufgenommen werden. Sie

dürfen Ihr schönes Erbteil nicht in einem so schimpflichen
Unternehmen und in solcher Gesellschaft vergeuden.

Veritas."

Diese anonymen Briefe . . . ja warum unterzeichnet
sich der Briefschreiber nicht, wenn er für eine gerechte
Sache eintritt? Und doch . . . es ist nur zu klar, daß er
recht hat! Warum kamen denn die Bilder und Artikel nicht?
Und dazu das Austernfrühstück . . . das waren unfehlbar er=
preßte Summen. Ich werde mich näher erkundigen. Lieber
opfere ich mein Kapital, als meinen guten Ruf. Das waren
meine Betrachtungen nach Empfang des Briefes, doch ich
mußte ja zunächst noch das Bild der Rebisch in den
„Brennesseln" aufnehmen. Und meine Stellung als Kritiker
. . sie kam mir ja bei den jungen Damen sehr zu statten.
Ich eilte zu Katharina . . . auf der Treppe begegnete ich
Lulu und der anmutigen Sophie! Sie konnte heute nicht
länger verweilen, doch welch ein warmer Händedruck . . .
und wie herzlich klangen die Worte: „Auf recht baldiges
Wiedersehen!" Dazu mußte die Rebisch hilfreiche Hand bieten.

Katharina war heute weniger rot als sonst. Sie hatte
eine graue Jacke angezogen; das feuerrote Haar trat dadurch
aber um so brennender hervor. Sie war ganz entzückt,
als sie das Bild sah und ich ihr meinen Artikel vorgelesen
hatte, und aus Dankbarkeit teilte sie mir mit, daß Sophie
für mich ein lebhaftes Interesse hege, daß sie mich ins Herz
geschlossen zu haben scheine.

Das war eine freudige Ueberraschung . . . ich war
so entzückt, daß ich zu meinem Bleistift griff und zwei
Superlative zu Käthens Lob an den Rand des Artikels
korrigierte. Solchem Entgegenkommen gegenüber wurde es
mir leicht, meine Bitte vorzubringen.

Katharina saß lange Zeit nachdenklich.

„Das Mädchen hat zu viele Rücksichten zu nehmen
. . . ihre Wohnung ist oft von Spionen umlauert . . .
doch vielleicht . . . einmal zu später Stunde . . . ihre
Wirtsleute verreisen nächstens auf längere Zeit . . . der
Hausmann geht um zehn Uhr zu Bett . . . sie kann mir
ihren Hausschlüssel geben . . . nun, ich werde meine Ueber=
redungskunst versuchen . . . ich bin Ihnen viel Dank schuldig."

Sie lächelte freundlich, drückte mir die Hand und ihr pockennarbiges Gesicht gewann das erstemal für mich einen sympathischen Ausdruck.

„Ich nehme natürlich an," sagte sie, „daß Sie ernste Absichten haben. Sophie Wendig ist sehr spröde und zurückhaltend, und Ihr Besuch, wenn auch zu ungewohnt später Stunde, wird immer nur eine Anstandsvisite bei Mondschein sein. Ich werde sehen, ob sich das alles nach Wunsch arrangieren läßt . . . an mir haben Sie eine treue Freundin."

Ich schüttelte ihr herzlich die Hand und ging gehobenen Sinnes die Treppe hinunter. Das Geheimnis, welches Sophie umgab, machte sie für mich besonders interessant. Vergeblich versuchte ich den Schleier zu lüften: auf alle meine Anfragen bei Katharina war die Antwort Achselzucken und Schweigen. Doch welch einen Reiz hatte eine solche, mit geheimnisvoller Romantik umgebene Begegnung gegenüber diesen kleinstädtisch philiströsen Begegnungen mit Bertha, aus denen wir weiter kein Hehl machten und die mich freundschaftlich einmal in ihre Mansarde geleitet hatte. Wie langweilig wäre die Liebe von Romeo und Julia gewesen, wenn er nicht am Balkon zur Nachtzeit hätte herunterklettern müssen: ja, Julia mußte sich zuerst begraben lassen . . . soweit trieb es freilich Sophie nicht, obschon sie in ihrer Klause wie in einem Erbbegräbnis lebte. Auf der Treppe, wo ich in der Regel von Anwandlungen einer plötzlich über mich kommenden Weisheit heimgesucht wurde, hatte ich einige Gewissensbisse wegen der eingefügten Superlative: ja, es fiel auf einmal ein grelles Licht auf mich selbst, vor dem ich erschrak. Hatte die Trinkler den wackern Kröber bezahlt: nun, die Rebisch bezahlte mich ja auch, wenn nicht in Geld, doch durch Gefälligkeiten. Das würde zwar auf der üblichen Krämerwaage der Justiz und der landläufigen Moral weiter nicht ins Gewicht fallen; aber auf der empfindlichen Präzisionswaage meines Gewissens merkte ich doch den leisen Druck.

Das ganze Leben und Treiben in der Stadt, beim Theater, in der Presse wurde mir auf einmal widerwärtig; ich sehnte mich hinaus in die freie Landluft. Der Besitz von Rieselau erschien mir auf einmal sehr wünschenswert.

Die Jahreszeit war schon rauh, die Bäume entblättert; gleichviel, in der freien Natur war man doch diesen fortwährenden Intriguen und Versuchungen nicht ausgesetzt. Und doch ... Sophie ... das war ein Zauber, der mich an die Stadt bannte! O, hätte ich sie nur von der Bühne zurückhalten können ... ich wollte meine ganze Beredsamkeit aufbieten ... wie unsicher war der Erfolg ... und wenn ich je die Kritik hätte schreiben müssen, in welche peinliche Lage wäre ich gekommen. Sie war doch immer eine Anfängerin, ich hätte viel an ihr tadeln müssen, und gerade dies wäre mir unmöglich gewesen. Sie durfte nicht auftreten ... doch was habe ich ihr dafür zu bieten? Mein Herz! Ob auch meine Hand? Da mußte sich zuerst das fatale Geheimnis aufklären, das ihr jenen romantischen Reiz verlieh, denn die Ehe verlangt bürgerliche Klarheit! Und dann ... wußte ich denn, ob sie mich wahrhaft liebte, mit einer Liebe, welche Dauer verlangte und versprach? Gleichviel ... ich konnte nur an Sophie denken ... und als vorhin der Knoten im Schnupftuch mich so unheimlich an frühere Zeiten mahnte, da löste ich ihn entschlossen auf. Nichts von Bertha ... ich spiele nicht mehr „Mäuschen an der Wand" ... ich bin kein Kind mehr. Sophie allein ist die Losung!

Herr Fiebe besuchte mich öfter ... wir saßen, den Gutsplan vor uns, und er erläuterte mir die Bodenklassen und die Einteilung der Felder. Auch hatte er allerlei Rechnungstabellen bei sich ... Vergleiche zwischen den Wollpreisen der verschiedenen Jahre ... das letzte Jahr war für die Schafzucht günstig gewesen ... die Qualität der Vließe hatte sich verfeinert. Der Verkauf der Böcke hatte glänzende Resultate erzielt. Der Rieselauer Schafstall begann mich lebhafter zu interessieren, als unser Theater.

Heute hatte Fiebe den Entwurf eines Kaufkontraktes mitgebracht ... ich versprach, ihn in aller Ruhe durchzustudieren.

Den 13. November.

Eine ereignisvolle Woche liegt hinter mir, es folgte eine Aufregung der andern.

Mit dem lammsfrommen Herrn Kröber hatte ich

mehrere heftige Auftritte; er wollte das Bild der Rebisch in aller Stille beseitigen, doch ich erfuhr's rechtzeitig, und zwar von Herrn Doktor Meuterer, der seinerseits Grund zu haben glaubte, mit seinem Chef unzufrieden zu sein und bei mir sich eine nachhaltigere Geldquelle zu sichern hoffte. Es sind allerdings saubere Kumpane... ich sah es ein. Veritas hat Recht. Kröber hatte schon einen jungen Tenor auf Lager, der aus einer guten Familie stammte... und er rühmte den metallenen Klang seiner Stimme in einem Artikel, dessen Abzug mir Meuterer verschafft. Doch ich bestand auf meinem Willen. Dem Tenor wurde zunächst die Unsterblichkeit, welche die „Brennesseln" gewähren, vorenthalten.. und die Rebisch erschien in ihrer fragwürdigen Schönheit, die allerdings schon der Photograph wunderbar retouchiert hatte. Kröber trug indes seitdem einen tiefen Groll gegen mich. im Herzen... es kam zu sehr lebhaften Auseinandersetzungen... ich warf ihm seine Erpressungen vor und erklärte zuletzt meinen festen Entschluß, mich von ihm und von den „Brennesseln" loszusagen, obschon ich mir alle meine Ansprüche auf etwaigen Gewinn vorbehielt.

„Ein solches Unternehmen," rief Kröber außer sich, „jetzt, wo es zu blühen anfängt! Die ganze Stadt ist voll von den Brennesseln"! An allen Anschlagsäulen die Plakate; an jeder Straßenecke ein Dienstmann, der das Banner der „Brennesseln" hochhält; die herumfahrenden Inseratenwagen werden alle von den „Brennesseln" überwuchert! Und jetzt wollen Sie sich zurückziehen?"

Ich bestätigte, daß dies mein fester Entschluß sei; war ich früher noch schwankend gewesen wegen der Theaterkritiken... ich gab auch sie jetzt, nach reiflicher Ueberlegung, mit Vergnügen preis. Mein Allerweltsmann, der Rittergutsbesitzer, hatte jene Anklagen des anonymen Briefes, nachdem er Erkundigungen eingezogen, bestätigt, und ich konnte jetzt Kröber sein unwürdiges Benehmen mit aller Sicherheit vorhalten und ihm erklären, daß ich nur noch wegen meiner Rechtsansprüche mit ihm durch den Rechtsanwalt verhandeln würde. Jetzt aber brach sein Unwillen maßlos hervor... und im Sturm desselben hatten sich mehrere semmelblonde Locken losgelöst und schwankten ihm auf der Stirne hin und her.

„Ein solches Unternehmen preisgeben ... freilich! was ist auch mehr zu erwarten von solcher urteilslosen Jugend? Das mußten Sie doch voraus wissen, daß Brennnesseln keine Veilchen und Vergißmeinnicht sind, und daß diejenigen schreien würden, die sich die Hände verbrennen. Die Presse ist eben eine Macht, und Macht geht vor Recht! Das sagen ja große Politiker. Wer seine Macht benutzt, thut kein Unrecht! Warum soll ich nicht diesen oder jenen warnen, mit diesem oder jenem verhandeln? Zeigt er sich hinterdrein dankbar, so wird dadurch niemandem ein Nachteil oder eine Kränkung bereitet. Ein Skandalblatt... immerhin! doch wir machen ja nicht den Skandal ... er ist eben da, er ist vorhanden und wir ziehen ihn nur auf Flaschen, die bisweilen mit Elektrizität geladen sind... wir sind eben ein Witzblatt! Leider Gottes ist Kapital und Intelligenz in der Welt so selten beisammen. Da läßt man sich mit einem jungen Menschen ein, der einige Moneten besitzt, aber sonst in keiner Weise flügge ist, sondern noch am Boden herumhuscht, ohne jeden freien Blick in die Welt; da opfert man seine Zeit, seinen Geist, um ein lohnendes Unternehmen in Fluß zu bringen und nun sich die Sache gut anläßt ... da verliert er die Kourage oder der mit moralischen Brocken gefütterte Schuljunge schlägt ihm in den Nacken — und hops Anne Marthe — da liegt der Topf! Denn der Topf liegt wirklich da, Herr Rotpfennig, und weder Sie noch ich bekommen einen roten Heller, wenn Sie sich jetzt zurückziehen. Ich habe meine Druckerpresse reparieren lassen, ich habe einen Hilfssetzer in Lohn genommen ... hundert andere Unkosten! Und Sie lassen mich mutwillig im Stich ... pfui, pfui, Herr Rotpfennig wo bleibt da die Reellität, das solide Geschäftsgebahren?"

Ich geriet nun selbst in Zorn und verbat mir solche Schmähungen! Meuterer stand dabei mit vergnüglichem Grinsen und wiegte sich in den Hüften hin und her, wie eine von ihrem Gott begeisterte Bajadere. Wenn die Könige rasen, dachte ich, amüsieren sich die Achäer.

„Und Ihre Rebisch," fuhr jetzt der Druckereibesitzer fort, mit einem höchst impertinenten Ausdruck in seinen schlaff herabhängenden Gesichtszügen, „das intriganteste

Frauenzimmer beim ganzen Theater... die hätte man als Brandstifterin am Galgen aufhängen müssen... das wäre noch ein Bild gewesen, das Sensation gemacht und Zustimmung gefunden hätte! Statt dessen ein geschmeicheltes Portrait, obschon sie noch immer aussieht, als wäre sie eben vom Galgen abgeschnitten worden, und ein Lobartikel... ja, wo der junge Herr seine beiden Augen hat, weiß ich nicht, wenn er an diesem Exemplar ausrangierter Weiblichkeit Gefallen findet... aber das weiß ich, daß man solche Unternehmungen durch persönliche Interessen ruiniert. Wer dabei extra sein Schäfchen scheeren will... und sei es auch in Schäferstunden... der wird ein solches Blatt nicht in die Höhe bringen... da muß man nicht an sich selbst denken, sondern der Sache nach Kräften förderlich sein. Uneigennützigkeit, das ist die erste Pflicht!"

Ich geriet außer mich über diese schamlosen Reden und hatte nicht übel Lust, dem Ohrfeigengesicht meines Sozius sein Recht widerfahren zu lassen, doch wurde dieser Ausbruch meiner Wut durch den Eintritt einer plötzlich auf der Bühne der dramatisch bewegten Handlung erscheinenden neuen Persönlichkeit unterbrochen: es war mein Schulfreund Rolfs, der Neffe Kröbers, der sporenklirrend eintrat und mir in den erhobenen Arm fiel.

„Keine Keilereien Freund", rief er mit bierheiserer Stimme, „alles nach dem Komment... einen Sessel, Kaliban!" So rief er dem Dr. Meuterer zu, „ich bin müde und will zu Gericht sitzen."

Der Kaliban beeilte sich, die verschiedenen Injurien, welche im Wechselgespräch gefallen, dem Studenten wortgetreu zu berichten, und dieser kam alsbald zu der Salomonischen Entscheidung, daß wir uns schlagen müßten, er werde natürlich dem Onkel sekundieren, da Verwandtschaft über Freundschaft gehe; die Waffen werde er aus dem Fechtsaal der Pommerania besorgen, er sei für krumme Säbel, das sei eine sehr wirksame Waffe, die stets ihre Schuldigkeit thue.

Kröber aber wandte sich mit der ganzen Autorität des Onkels gegen den Neffen und rief ihn zur Ordnung; er sei über das Alter hinaus, in welchem man noch Lust habe, den Raufbold zu spielen und habe überdies nie einem

Stande angehört, bei welchem die Raufereien zum guten Ton gerechnet würden, überdies scheine ihm sein lieber Neffe sich in einem nicht ganz zurechnungsfähigen Zustande zu befinden; der Frühschoppen sei wohl heute zu reichlich zugemessen worden.

Hast Recht, alter Gauner" sagte Rolfs in einem sehr gemütlichen Ton, mit dem Sessel hin- und herschwankend: „Du bist zwar noch ein Mann in den besten Jahren ... wenigstens hast du nie bessere gesehen, es war immer die semmelblonde Misère ... aber du treibst ein ordinäres Metier und bist für das Waffenhandwerk nicht geschaffen. Dergleichen kann ich sagen ... es bleibt in der Verwandtschaft ... aber wenn mein Schulfreund dort sich erdreistet, dir zu nahe zu treten ... nun, wofür bin ich denn in der Welt?"

Meuterer nickte zustimmend mit dem Kopfe; er fand diese Frage sehr berechtigt.

„Ich werde meinen Onkel vertreten ... Fridolin, wir müssen uns schlagen! Du hast Herrn Kröber beleidigt, oder er hat dich beleidigt ... das ist egal; darauf kommt es nur bei der Wahl der Waffen an. Aber Onkelchen, dafür mußt du mich aber auch in die Brennesseln bringen als Retter sans peur et sans reproche, natürlich als Portrait mit den Verbindungsfarben, nicht etwa als Karikatur."

„Ich schlage mich nicht mit einem Stellvertreter."

„Nun Jüngelchen, da giebts ja ein Auskunftsmittel ... wenn du durchaus selbst eine Injurie haben willst ... doch halt, da fällt mir ein ... immatrikulieren mußt du dich lassen."

„Ich denke nicht daran", sagte ich kurz angebunden.

„Mit so etwas, das nebenher läuft, darf ich mich nicht schlagen ... das ist gegen den Komment! Und für einen solchen Zweck lohnt es sich schon, Student zu werden. Du nimmst keine Kollegien an ... wir nehmen sie an, aber wir hören sie nicht. Das ist der ganze Unterschied. Doch wenn du keine angenommen hast, wirst du binnen Kurzem ex officio wieder von der Universität fortgemaßregelt ... und du trägst vielleicht von deiner kurzen Anwesenheit auf derselben eine ehrenhafte Auszeichnung davon, einen Schmiß von mir, eine Art von dauernder Immatrikulation! Denn jeder, der auf deiner rechten oder linken Backe noch nach Jahrzehnten diese mit markigem Griffel ausgeführte Zeichnung bemerkt, der sagt sich: der Mann hat studiert!"

„Gieb dir keine Mühe, Freund! Das lockt mich alles nicht ... ich bin garnicht so ehrgeizig und verzichte auf deine Schmisse!"

„Nun, wenn du freilich der Philister bleibst, der du zu sein das Unglück hast, so ist's nichts damit. Und mit dem alten Kameel hier ist nichts anzufangen. Komm, komm, da bleiben wir, was wir sind, gute Schulfreunde, und wollen unsere Freundschaft im ungarischen Keller neu besiegeln."

Dabei faßte mich Rolfs unter den Arm und bugsierte mich zur Thür hinaus.

„Lebe wohl, Druckerschwärze", rief er noch dem Onkel zu und verabschiedete sich von Dr. Meuterer mit einem „Lebewohl, Kaliban!"

Im Weinkeller erzählte ich ihm von meinem beabsichtigten Gutskauf; er interessierte sich lebhaft dafür; sein Vater war ein kleiner Gutsbesitzer und er hatte seine Jugend im Dorfe zugebracht. Wir beschlossen, zusammen hinauszufahren, er war sehr lustig, aber der Ungar hatte seinen Rausch nicht gesteigert, sondern ihm nur eine edlere Farbe gegeben. Als wir am Grenzrain des Gutes angekommen, stiegen wir aus und er musterte mit kundigem Auge die Felder, wühlte mit einem Stock in dem Acker herum. „Hier thut Drainierung not ... das ist teuer genug", sagte er. „Dort wäre Ueberrieselung am Platze." Nach halbstündiger Besichtigung fällte er das Urteil: „Der Boden ist ungleich ... die Bewirtschaftung taugt nicht viel."

Wir nahten uns dem Gutshofe ... es ging dort sehr lebendig zu; wie es schien, fand eine Auktion statt. Eine Menge Bauern standen umher, man hörte des Basses Grundgewalt, mit welcher der Auktionator die versteigerten Gegenstände ausrief. Ich bemerkte ein sich hinundherkugelndes Männlein und erkannte bald Herrn Dämele, der heute nicht nüchterner zu sein schien, als das letztemal, wo ich ihn in der Weinstube gesehen. Auch der Besitzer mit der blauen Brille war anwesend ... er erkannte mich und nachdem er mit Dämele einige Worte gewechselt, kam er auf uns zu, ich sah inzwischen, wie das Männlein dem Auktionator etwas zuflüsterte.

"Wir versteigern hier einiges Ausrangierte und Ueberflüssige", sagte mir Herr Momms, dem mein Begleiter durch seine kräftige Figur und seine Sporenstiefeln besonders zu imponieren schien.

Wir traten in den Kreis der Bietenden: die Pflüge und Eggen, die in Frage kamen, schienen allerdings etwas invalide zu sein, auch die alten Gäule, die vorgeführt wurden.

Herr Dämele tänzelte auf mich zu: "Entscheiden sie sich nur bald, Herr Rotpfennig! Wir können nicht ewig warten. Sonst kommt noch Wertvolleres zur Versteigerung... und wir bringen das ganze Gut unter die Leute. Ein schöner Besitz... ein herrlicher Besitz... schlagen Sie zu."

Inzwischen war die Aufmerksamkeit Rolfs auf einen prächtigen Leonberger gelenkt worden, der auf einmal auf der Bühne erschien.

"Einen solchen Hund zu verauktionieren! Es ist ein Skandal! Ein herrliches Tier! Wir brauchen längst einen Korpshund... biete du nur unerschrocken... das Korps kauft ihn dir wieder ab."

Mir gefiel der Hund... er war groß und schön und hatte in seinem Wesen etwas Würdevolles, welches Respekt einflößte. Ich bot... man steigerte mich nicht sonderlich... ich erstand den Hund. Ueber diesem wichtigen Ereignis habe ich fast den ganzen Gutskauf vergessen... wir brachten Sultan, so gut er gehen wollte, aufs Gefährte und drückten uns in die Ecken. Sultan hatte ganz treuherzige Augen, doch er schien ein cholerischer Hund zu sein... denn wenn sich etwas auf der Straße vorbeibewegte, was sein Mißfallen wachrief, so nahm er eine drohende Stellung ein, und seine Augen sprühten Feuer. Frau Tummel war nicht wenig erstaunt über den neuen Gast und keineswegs angenehm überrascht, doch ich tröstete sie damit, daß das Korps den Hund mir bald abkaufen und daß er hier nur ein vorübergehendes Asyl finden werde.

Rolfs war mit heraufgekommen, und es wurde Sultan, der noch gar nicht ahnte, zu welchen Ehren er auserlesen sei, in einem Winkel des Korridors eine Streu bereitet. Rolfs war über das vorläufige Schicksal Sultans beruhigt und wollte im Seniorenkonvent noch an demselben Abend die Sache zur Sprache bringen.

Auf dem Tische lag ein Schreiben... ich kannte die geschäftsmäßige Handschrift und das geschäftswidrige Parfüm. Ich wartete in großer Spannung bis Rolfs die Treppe hinuntergeklirrt war, dann erbrach ich den Brief:

„Kaufen Sie nicht Rieselau... es ist ein Schwindel= gut, das von einer Hand in die andere geht. Man wird Ihnen verschweigen, daß die Hypothekenzinsen seit Jahren nicht gezahlt sind... der jetzige Besitzer gehört zu einer Bande von schwindelhaften Agenten, welche möglichst viele sogenannte Geschäftsgelder einzukassieren suchen und Be= trügereien jeder Art verüben. Veritas."

Diese geheimnisvolle Veritas begann mir unheimlich zu werden. Sie wußte alles... wo waren denn die Spione, die ihr alles berichteten? Und immer hatte sie recht! Warum trat dieser Schutzgeist nicht aus seinen Wolken hervor?

Sultans Gebell weckte mich aus meinem Brüten... er hatte eine sonore, imponierende Stimme... es war ein Kraftgenie von einem Hund... er bellte lauter Hyperbeln. Frau Tummel war außer sich, und auf der Treppe sammelten sich die Leute. Wir sorgten für Fütterung und Tränkung so gut es gehen wollte und beruhigten das Ungetüm nach Kräften. Sultan war übrigens kein Lärm= macher von Profession und sobald seine berechtigten Wünsche erfüllt waren, verfiel er wieder in ein nachdenkliches Schweigen. Ich machte Frau Tummel auf diesen Vorzug seines Charakters aufmerksam... er sei mehr Philosoph als Parlamentarier; sie aber ging auf diesen feinen Unterschied nicht ein, und fand nur, daß er ein höchst lästiges Subjekt sei; ein Pen= sionair, den sie so bald wie möglich los werden wollte.

Tags darauf brachte mir der Briefbote ein Briefchen von der Rebisch: sie erwarte mich um 12 Uhr bei sich, um mit mir alles für den Abend zu verabreden; ich war außer mir vor Freude. In höchster Aufregung lief ich hin und her... Sultan, der unter dem Tische lag, fing an zu knurren... er zeigte bereits eine gewisse Anhäng=

lichkeit an mich; aber er konnte sich jetzt nicht mit meinem Benehmen befreunden. Rolfs kam nicht lange darauf; er teilte mir mit, daß der Senioren=Convent zunächt gegen den Korpshund sei, weil die Kasse des Korps zu einer solchen Ausgabe sich jetzt nicht aufschwingen könne; auch die anderen Korpsbrüder seien derselben Ansicht und ich möchte Sultan zunächst behalten... es sei nur eine Frage der Zeit. Ich war sehr mißvergnügt mit dieser Auskunft und hoffte nur, daß Frau Tummel uns nicht belauscht haben werde. Rolfs machte mich ferner aufmerksam auf die Notwendigkeit, für Sultan einen Maulkorb anzuschaffen und ihn polizeilich anzumelden, zum Zweck der Hunde=steuer. Das war mir alles jetzt im höchsten Grade lästig... ich verwünschte die Rieselauer Auktion, meinen Freund Rolfs und das Korps Pommerania ... ich hatte jetzt an Besseres zu denken. Rolfs versprach, nicht zu ruhen, bis der Hund zum Inventar seines Korps gehöre ... und verließ mich in sehr übler Laune. Frau Tummel protestierte dagegen, daß Sultan zu Hause bleibe, wenn ich ausgegangen sei; umsonst verbürgte ich mich „für die gefaßte Seele meiner Hanne"... sie fing zu schelten an, und ich hatte sie bis dahin für eine sanfte Frau gehalten ... aber selbst eine gebeugte Witwe hat Augenblicke, in denen sie etwas vom gereizten Basilisken an sich hat. Und mit=nehmen konnte ich doch Sultan nicht, er hatte ja noch kein Hundezeichen und verfiel dem Schinder. Ich bat sie, nur das eine Mal noch Geduld zu haben; ich würde die Sache baldmöglichst arrangieren. Sie schwieg und verließ das Zimmer; ich weiß nicht, was sie dachte. Das aber weiß ich, daß, als ich die Treppe heruntergestiegen war, um in die Droschke zu steigen, die mich zu Fräulein Rebisch führen sollte, etwas hinter mir die Treppen herunter=gepoltert kam und gleich darauf mit einem Satz zu mir in den Wagen gesprungen war. Es war Sultan .. und doch hatte ich die Stubenthür trotz des Kratzens und Winselns energisch hinter mir zugemacht und auch die Korridorthüre fest ins Schloß geworfen. Es war Frau Tummel, welche sich schnöder Hinterlist schuldig gemacht hatte. Ahnen konnte sie freilich nicht, welche schrecklichen Folgen ihre heimtückische Handlungsweise nach sich ziehen würde.

Ich konnte Sultan nicht auf der Straße lassen, ohne
ihn dem Verderben zu weihen . . . er folgte mir hinauf
zu Fräulein Rebisch. Ich klingelte . . . heftiges Bellen
war die erste Antwort! Dieser Willkommensgruß erregte
bei Sultan das höchste Mißfallen . . . er begann unheim=
lich zu knurren. Es dauerte geraume Zeit, ehe die Thür
geöffnet wurde . . . die Gemüter erhitzten sich immer mehr
. . . und da begab sich das erschütternde Ereignis: durch
die geöffnete Thüre sprang Lulu auf Sultan los, bellend,
vermutlich auch beißend. Dieser aber zeigte nicht die ge=
ringste Großmut, packte das jetzt kleinlaut gewordene,
winselnde Hündchen mit den Zähnen und brachte ihm so
schwere Wunden bei, daß es stöhnend zusammenbrach.

Ich zittere noch, wenn ich dies niederschreibe . . .
Lulu war eine Leiche!

Die rote Käte kam dazu und rang die Hände. Ihr
war Lulu zur Verwahrung anvertraut worden: Sophie
hatte einen notwendigen Gang zum Rechtsanwalt machen
müssen und noch einige andere Besuche, nachdem sie mit
Katharina das Nötige verabredet.

Ich war außer mir . . . da lag nun zwischen ihr
und mir der tote Liebling . . . und gerade jetzt, gerade
heute, wo wir uns zum erstenmale Aug' in Auge sehen
sollten. Ich versprach in die Hand der Freundin, Lulu
glänzend beerdigen und ihm einen würdigen Denkstein setzen
zu lassen. Sultan hatte sich in aller Ruhe hingelagert.
Er war gewissenlos, wie die gewaltthätigen Tyrannen, die
sich um ihre Opfer nicht weiter kümmern. Ich entwarf
die Lebensbeschreibung des Mörders, so weit sie mir be=
kannt war, bis zu dem letzten, schaurigen Sensationskapitel.
Käthe hatte gestern Abend von einem unbekannten Ver=
ehrer einen Blumenkorb auf der Bühne erhalten . . . gewiß
eine Wirkung des Bildes und Artikels der Brennesseln!
Sie opferte diese Spende . . . und wir bereiteten daraus
ein blumiges Totenlager für Lulu und sie deckte ihn mit
einer feingehäkelten Decke zu. Da stand ich nun an einem
Abgrund, der sich zwischen mir und der Geliebten aufge=
than hatte. War es möglich, an einem solchen schwarz=
bezeichneten Kalendertage das Herz einer in so tiefe Be=
trübnis versetzten Schönen zu gewinnen, oder mit diesem

Schuldbewußtsein im Herzen, sich seligen Gefühlen hinzugeben? Und doch war ja der heutige Abend für ein ungestörtes Zusammensein mit der Geliebten bestimmt ... es war schon alles darauf vorbereitet. Mit niedergeschlagenem Blick stand ich vor der roten Käte, die aber keineswegs so fassungslos war, wie ich.

„Sophie," sagte sie, „ist ein Mädchen von tiefem Gefühl; sie wird über das Unglück, das ihren Liebling betroffen hat, bittere Thränen vergießen ... sie wird mit einem Aufschrei des Schmerzes an die Leiche des teuren Wesens hintreten ... sie wird ihren Lulu gewiß nie vergessen ... aber sie ist keine schwermütige Natur und mit gesundem Menschenverstand ausgestattet. Sie weiß denn doch, daß in der andern Wagschale, in welche Sie Ihre Liebe werfen, etwas sich befindet, das schwerer als ein totes Hündchen wiegt ..."

„Sie meinen also?"

„Deshalb brauchen Sie Ihre Zusammenkunft nicht zu vertagen. Bis heute Abend wird Sophie wieder ganz getröstet sein, und Sie befinden sich in der angenehmen Lage, um Verzeihung bitten zu können. Es giebt dies doch immer eine willkommene Anknüpfung ... eine gewisse sanfte, rührende Beleuchtung schwebt über der ganzen Begegnung ... und ist das Herz erst einmal weich und geläutert, so ist es auch für die Liebe empfänglicher."

„O, wenn Sie dieser Ansicht sind ... Sie kennen Ihre Freundin ..."

„Ich kenne Sie auswendig, wie meine Rollen und noch etwas besser." —

„Es bleibt also dabei?"

„Heute Abend Punkt halb elf Uhr mögen Sie vor der Hausthüre erscheinen; ich werde dort sein, ich habe den Hausschlüssel und werde Ihnen öffnen. Sollten Sie zufällig belauscht werden, beim Eintritt in das Gärtchen, so schützt meine Begleitung vor Verdacht!" —

„Ich komme ... ich komme ..." sagte ich hoch erregt. Noch einen Blick auf Lulu, das unter Blumen schlummernde Opfer ... der Würgeteufel Sultan folgte mir die Treppe herunter wieder in die Droschke. Zu Hause fand ich Rolfs, der wieder einmal vorgesprochen hatte, um dem künftigen Korpshund seinen Besuch abzustatten . . . er ließ sich bewegen, den Maulkorb und die Hundemarke zu besorgen, damit ich Sultan nicht immer spazieren zu fahren brauchte. Die Aussichten beim Korps hatten sich etwas gebessert. Rolfs hoffte über engherzige Bedenken den Sieg davon zu tragen; die Partei, die für den Korpshund stimmte, war im Wachsen und würde schon jetzt den Sieg davongetragen haben, wenn nicht gerade auch der Korpsdiener eine neue Livree gebraucht hätte . . . es stürmte auf einmal zu viel auf die Kasse ein. Gegen den Luxus einer neuen Livree ging Rolfs scharf ins Zeug. Der Wichsier, der tagsüber mit pechschwarzen Fingern umherlief und die Spuren seiner nützlichen Beschäftigung an seinen Röcken zur Schau trug, brauche nicht abends zu glänzen . . . ein famoser Korpshund verbreite einen ganz anderen Glanz über die Verbindung.

Ich war natürlich derselben Ansicht, schon um das gefährliche, mit dem Kainsstempel behaftete Ungethüm los zu werden. Rolfs lachte über das Verbrechen . . . warum lasse sich so ein kleiner Köter mit einem so majestätischen Hunde ein? Doch er sorgte für den Maulkorb, der ähnliche Attentate verhindern werde . . . So konnte ich etwas beruhigter am Abend mit klopfendem Herzen mich auf den Weg machen, nachdem ich Sultan im Korridor zur Ruhe gebettet.

Es war ein milder Novemberabend . . . der Mond blickte durch die kahlen Wipfel des Stadtparks . . . Nebel lagerten sich auf den Wiesengründen, mir war so weich zu Mute. Das Bild des unglücklichen Lulu mahnte mich an die Vergänglichkeit alles Irdischen . . . es tauchte immer wieder vor meiner Seele auf; es dämpfte die feurige Lebenslust, die bei einem Gang zum Liebchen das Herz erfüllt.

Vor der Thüre des Gärtchens fand ich in der That Katharina mit dem Hausschlüssel stehen. Es sei alles ruhig und sicher, sagte sie, der Hausmann schlafe den Schlaf des Gerechten; doch Sophie möge nur ihre Thüre verriegeln, um vor allen möglichen Ueberraschungen sicher zu sein. Ich war in höchster Erregung, und um die Rebisch mich nicht weiter kümmernd, stürmte ich die Treppe herauf, klopfte an . . . und ein freundliches Herein ertönte.

Es war ein trautes Heim . . . im Kamin prasselte ein fröhliches Feuer . . . sein helles Licht fiel auf das blonde Mädchen, das eben, hinabgeneigt, mit der Kohlenzange den Brand schürte. Sie erhob sich anmutig, reichte mir die Hand und bat mich, Platz zu nehmen an ihrer Seite.

Es war ein luxuriös eingerichtetes Boudoir . . . ein elegantes Klavier . . . prächtige Trumeaus und Ofenschirme . . . ein Bücherschrank mit funkelnden Einbänden . . . eine Guitarre an der Wand . . . hinten dunkle schwere Vorhänge mit goldenen Quasten, die ein anderes Gemach absperrten. Eine rotleuchtende Ampel erhellte von oben das Zimmer, wie der Widerschein der Kaminflamme von unten. Sophie trug ein schwarzes Kleid, eine schwarze Sammetjacke, schwarze Schleifen und Bänder . . · Trauer um Lulu . . . ich merkte es wohl . . . doch sie sah reizend aus. Als ich sie näher ansah, kam es mir vor, als ob ihre Züge verweint wären.

Ich bat um Entschuldigung . . sie lehnte dies mit freundlich wehmütigem Lächeln ab.

„Es ist nicht Schuld, sondern Schicksal . . und das Schicksal beraubt mich meiner besten Freunde . . doch ich bin gefaßt und wir wollen den ersten Abend, den wir ungestört zusammen zubringen, nicht durch schmerzliche Erinnerungen trüben. Ich heiße Sie willkommen bei mir!"

„Sie haben für sich ein anmutiges Heim gegründet."

„Sie ahnen nicht, wie einsam ich hier leben muß. Man umlauert dies Haus . . . selbst vor einem feindlichen Einfall bin ich nicht sicher . . auch jetzt nicht."

Sie stand plötzlich auf und riegelte die Thüre zu.

„Ich kann Ihnen heute nicht mitteilen, weshalb ich solche Vorsicht nötig habe . . welche Feinde mich umlauern, verfolgen . . hoffentlich schlägt die Stunde bald, die mir meine volle Freiheit wiedergiebt."

„O, Sie glauben nicht", sagte ich, „wie Sie mein Fühlen und Denken ausfüllen . . wie ich nur in Ihnen ebe. Wie eine Erscheinung sind Sie aus einem höheren Leben in das meine getreten . . es strömt ein ambrosisch Licht von Ihnen aus."

„Sie sind ein lieber Mensch, Fridolin", sagte sie, mir die Hand reichend, die ich leidenschaftlich küßte.

„Ich habe wenig Freundliches erlebt .. die mir am nächsten stehen sollten, haben mich treulos verlassen .. ich fühle das Bedürfnis, mich anzuschließen, wo mir Freundschaft entgegenkommt."

„Sagen Sie Liebe."

Und ich wagte es, das reizende Mädchen an mich zu drücken: sie leistete mir schwächlichen Widerstand. Ihr Goldgelock strömte über meine Schultern .. es war wie ein Feuerregen, der mich überflutete .. ich sah in ihre tiefen braunen Augen, und es kam ein Entzücken über mich! Das war's ja, was ich in meinen kühnen Träumen gesehen, eine Schönheit in einem prächtig geschmückten Boudoir — eine köstliche Perle in köstlicher Muschel ... und ich, der Glückliche, war auf eine Zauberinsel verschlagen.

„Kein Ungestüm, lieber Freund, es liegt noch viel, viel zwischen uns."

„In diesem Augenblick nur ein Stückchen Seligkeit, das ich glühend ergreife."

Und ich küßte sie auf ihre vollen Lippen.

Da klopfte es an der Thüre, wir fuhren empor ..

„Ich bin's, Katharina!"

„Nur herein", rief Sophie.

Käthe rüttelte an der verriegelten Thüre.

„Einen Augenblick Geduld", rief die Freundin, welche vergessen hatte, daß sie zugeschlossen.

„Ich will Euch nicht stören .. ich hänge nur den Hausschlüssel hier am Riegel auf. Der junge Herr mag ihn morgen bei mir abgeben .. mich fröstelt .. ich eile nach Hause .. Man wird's unten der Thüre nicht anmerken, daß sie inzwischen unverschlossen ist."

Und wir hörten, wie Käthe die Stufen heruntereilte.

Nun begann ein trauliches Flüstern, als wenn noch jemand lauschte; es war ein so süßes Gefühl, ein Geheimnis zusammen zu haben. Doch sie wehrte jetzt meiner Leidenschaftlichkeit; sie protestierte gegen die geraubten Küsse, und ich war liebenswürdig genug, sie ihr zurückzuzahlen.

„Erzählen Sie mir lieber ruhig etwas aus Ihrem Leben", sagte sie .. und ich begann eine Generalbeichte. Sie wußte mich so schalkhaft auszufragen, ich verschwieg nichts .. selbst nicht meine Jugendliebe zu Bertha .. das glaubte ich ihr schuldig zu sein. Auch von allen meinen Geschäften sprach ich mit ihr; sie lachte dabei so übermütig am Todestage ihres armen Lulu . . o, wie rasch sind wir alle vergessen . . wir sterblichen Geschöpfe, Hündchen und Menschen. Es interessierte sie, genau die Summen zu erfahren, die dabei im Spiel waren, bei den „Brennesseln", bei dem beabsichtigten Kauf des Ritterguts.

„Sind Sie etwa Veritas?" rief ich, von einer plötzlichen Ahnung ergriffen.

„Veritas, wer ist das?"

„Ich erhalte bisweilen Briefe, die mich warnen, mit dieser Unterschrift."

„Nein, lieber Freund, ich habe nichts gemein mit dieser gestrengen Dame Veritas . . welch ein Recht habe ich, Sie zu warnen . . und wenn Sie Ihr ganzes Erbteil verschleuderten? Es wäre freilich! schade darum, denn es ist gewiß nicht unbeträchtlich."

Ich hielt den Augenblick für günstig, der jungen Kunstnovize einen Einblick in meine Vermögensverhältnisse zu gestatten: für ein armes Mädchen waren diese Tausende immerhin imposant genug; obschon mein Kapital sich nicht mit den Jahreszinsen der wahrhaft vermögenden Leute der Hauptstadt messen konnte. Doch Sophie wußte sich zu beherrschen . . ich bemerkte zwar ein Aufleuchten in ihren Augen, doch es war nur ein Moment der Ueberraschung.

Mir aber wurde es immer klarer, daß an der Seite dieses entzückenden Wesens das Glück meines Lebens erblühen werde.

Wir plauderten noch lange . . dann brach ich auf und sie hielt mich nicht zurück.

Es war Zeit, die Mitternachtsstunde war nahe . . und es ist nicht zu spaßen mit den Geistern, die da umgehen. Denn es giebt welche darunter, die kein Hahnenschrei in die Luft schreckt, die uns durchs Leben folgen als feindliche Erinnerungen, und in dem Becher, in dem sie uns den süßesten Trank gemischt, uns Gift kredenzen für alle Zeit.

Wie ein Berauschter schritt ich zur Thüre hinaus, griff nach dem Hausschlüssel am Nagel . . schloß das Hausthor zu; noch einen Blick auf das epheuumrankte Häuschen . . der Vollmond stand darüber! Er störte mich, als ich so hinaufsah. Er machte doch mit seinen ausgebrannten Vulkanen und wasserlosen Meeren ein ziemlich albernes Gesicht . . er hat so etwas höhnisch Grinsendes wie Doktor Meuterer. Desto träumerischer ist der Silberglanz, den er über die Erde streut . . Und ich beschloß weiter zu träumen.

Als ich durch die Parkgänge dahinschritt, kam es mir vor, als raschelte etwas hinter mir in dem welken Laub, mit dem sie überschüttet waren.

Das Glück macht mißtrauisch . . man will es nicht teilen . . und man gönnt es keinem andern, auch nur davon zu wissen.

Sultan schlief fest, als ich zurückkam . . doch nicht so tief wie Lulu . . der arme Lulu! Den Kuß der goldigen Sophie fühlte ich noch auf meinen Lippen brennen, aber vor meinen Augen schwebte, ehe ich einschlafen konnte, das Köpfchen des armen Wachtelhündchens mit dem seidenen, langen Haar und den beständig thränenden Augen!

Den 20. November.

Kaum zwei Tage durfte ich in der Erinnerung an den seligen Abend schwelgen, da wurde ich aus meinen Träumen in der unsanftesten Weise wachgerüttelt und in eine Bestürzung versetzt, von der ich mich noch jetzt nicht erholen kann.

Frau Tummel hatte mir eben einige Stadtneuigkeiten beim Kaffee mitgeteilt, die Bänder ihrer Haube glatt= gestrichen und den Kampf mit der widerspenstigen Nacht= jacke ziemlich glücklich bestanden, als der Postbote einen jener verhängnisvollen Briefe abgab, deren Kouvert mir schon bekannt war und die stets ein Mene Teckel enthielten, das mit feurigen Zügen mir irgend eine Schuld oder Thor= heit an die Wand malte.

Ich brach den Brief hastig auf . . er enthielt nur zwei Zeilen . . aber es war, als ob der Brief mit Aqua toffana getränkt gewesen . . mir flimmerte es vor den Augen . . mir schwindelte . . ich mußte den Kopf auf beide Hände stützen . . und so saß ich halb bewußtlos da. Ich erwachte erst wieder aus diesem geistigen Dämmerungs= zustande mit Hülfe von belebenden Essenzen, deren Duft mich erquickte und sah dann Frau Tummel vor mir, die mich wie einen Papageien mit Zucker fütterte . . der sich mit Hoffmannschen Tropfen gesättigt hatte.

„Armer junger Herr," sagte sie, als ich mich wieder etwas erholt.. diese Nachricht ist allerdings niederschmetternd! Sie machte gar kein Hehl daraus, daß sie während meines Anfalles die Zeilen gelesen, die der offene Brief enthielt.. und da sie meine Vertraute war, so fand ich nichts Unrechtes darin, sie nahm ja einen so lebhaften Anteil an allem was mich betraf.

Der Inhalt des verhängnisvollen Schreibens aber lautete:

„Sophie Wendig ist verheiratet.

Veritas."

Ich konnte mich garnicht fassen.. Frau Tummel hielt es für das Beste, mich meinen Gedanken zu überlassen. Sultan war anderer Ansicht, er begann zu bellen und rumorte im Zimmer herum; er verlangte ebenfalls sein Frühstück. Ich nahm einen Stock und suchte ihn zur Raison zu bringen, froh, daß ich für meine Aufregung einen Blitzableiter gefunden, doch der Spektakel wurde immer größer. Frau Tummel kam wieder hereingestürzt und beschwor mich, den Hund zur Ruhe zu bringen. Auf der Treppe versammelten sich schon alle Hausbewohner. Ich war aber in einer Stimmung, daß es mir ganz recht war, wenn alles drunter und drüber ging.. und als Sultan ein elegantes Tischchen umwarf, das beim Fenster stand und auf dem mein Schreibzeug sich befand... da erreichte, durch das Geschrei, das Frau Tummel erhob, der Tumult eine Höhe, welche der leidenschaftlichen Aufregung in meinem Innern entsprach. Das Tischchen war zerbrochen... sein Fuß abgestoßen... die Tinte ergoß sich über die Dielen des Zimmers und gab dem bunten Fußteppich eine schwarze Färbung... Frau Tummel zeterte... Stimmengewirr auf der Treppe, lärmende Zurufe... ich hörte aber aus dem allen nichts heraus, als: die Welt mag untergehn; Sophie Wendig ist verheiratet. Frau Tummel besänftigte das lärmende Ungetüm inzwischen in aller Eile durch Speis' und Trank; womit schon mehr Revolutionen unterdrückt worden sind, als durch Pulver und Blei. Ich erklärte natürlich, daß ich für den Schaden aufkommen würde, welchen Sultan angerichtet. Im Uebrigen war mein Ent=

schluß gefaßt. Die Aussicht auf ein Avancement Sultans zum Korpshund war gänzlich geschwunden, die Livrée des Korpsdieners hatte den Sieg davongetragen. Ich hatte Inserate, in denen ein Leonberger oder eine Ulmer Dogge gesucht wurde. „Dem Manne kann geholfen werden", dachte ich, legte Sultan den Maulkorb an und begab mich in die Wohnung des Mannes, welcher Sehnsucht nach solchen lästigen Riesentieren empfand. Der Hund gefiel ihm . . . ich handelte nicht lange . . . schlug Sultan mit beträchtlichem Verlust los . . . und mir wars, als wäre ein Alp von meiner Brust genommen. Mit Sultan war ich nun im Klaren — aber mit Sophie Wendig?

Vor allem . . . ich mußte Gewißheit erhalten . . . ich eilte zu Fräulein Katharina Rebisch . . . sie war nicht zu Hause . . ich kam zweimal, dreimal des Tages wieder . . . immer derselbe Bescheid. Ich eilte in die Parkstraße, da lag das epheumsponnene Häuschen so friedlich, so schuldlos da . . Die Läden des Parterres waren geschlossen. Sollte ich anklopfen? Doch nein . . . Sophie Wendig war ja jetzt Tabu für mich . . . sie war verheiratet . . . Warum sie es mir verschwiegen . . . ich konnte es mir nicht erklären . . . nun begriff ich jetzt die auffallenden Vorsichtsmaßregeln . . . doch ihr nahen durfte ich mich jetzt nicht, das könnte für sie, für mich bedenklich werden.

Ich stand vor einem Rätsel . . . wenn nur Baritas ihrem Namen Ehre machte . . . diese anonymen Briefe . . . es konnte sich ja irgend eine Intrigue dahinter verstecken . . . und doch . . . bisher waren ihre Mitteilungen alle bestätigt worden.

Ich schrieb an Fräulein Katharina Rebisch, nachdem auch am Tage darauf meine Versuche, sie zu sprechen, vergeblich gewesen waren . . . ich bat sie um Auskunft, ob ihre Freundin verheiratet sei und warum man mir daraus ein Geheimnis gemacht? Ich wartete mit ängstlicher Spannung auf die Antwort. Ich verließ das Haus nicht, um die Ankunft des Postboten nicht zu versäumen. Frau Tummel bereitete mir mein bescheidenes Mahl. Ich war wie ein Gefangener und nicht in der Stimmung, mit Jemand zu verkehren . . . auch in meinem Gespräch mit meiner Wirtin war ich sehr einsilbig . . . und die Beredsamkeit derselben brachte mir keinen Trost. Sie suchte zwar nach allen möglichen Trostgründen . . doch diese kamen mir sehr defekt vor.

Ich studierte . . . ich hatte mir einige römische Dichter mitgenommen . . . ich las Horaz . . . die Oden an Chloe, Tibull, Ovid . . . ich las sie jetzt verständnisvoll, ohne Rücksicht auf Syntax und römische Altertümer . . . das nährte meine Leidenschaft. Sophie wurde mir Sulpicia und Delia . . die dichterischen Schönheiten gingen mir jetzt erst auf . . . wie dumm ist man doch in der Prima, Lehrer und Schüler!

So oft es klingelte sprang ich auf und eilte in den Vorsaal. Frau Tummel hätte keinen besseren Portier engagieren können. Enttäuscht sah ich den Milch- und Kohlenmännern, den Küchen- und Wirtschaftslieferanten, den Gasregulierern und Steuerboten ins Gesicht. Erkannte ich aber die Uniform des Postboten, so schlug mein Herz . . . doch er zuckte mit den Achseln; er hatte nur Briefe an Frau Tummel abzugeben. Wieder setzte ich mich hin, meine Klassiker zu studieren . . . welche reizenden Bilder . . . und wenn ich Sophie in die anmutigen Situationen versetzte, wie Chloe und Delia, oder wie die ovidischen Liebsten von Zeus, den Welterschütterer . . . meine Phantasie wurde nicht müde, in diesen Bildern zu schwelgen.

So verging ein Tag nach dem andern, keine Antwort. Meine Ungeduld erreichte den höchsten Grad . . ich konnte des Nachts nicht schlafen . . ich las und las, so lange die Lampe das Oel hergab, dann träumte ich im Halbschlaf ein mythologisches Kauderwälsch: Frau Tummel erschien als Hekate, die Fackel in der Hand, die rote Käthe als Lemure, ein Gespenst der Messalina . . Sultan als Cerberus, Sophie aber war die schöne Helena und ich ihr Paris.

Gestern kam Rolfs zu mir; als er erfuhr, daß ich Sultan verkauft, geriet er in heftigen Zorn. Der Hund sei als Depositum der Pommerania bei mir gewesen und ich hätte kein Recht gehabt, mich desselben zu entäußern. Ich erklärte, das Korps hätte das Depositum auch bezahlen und füttern müssen. Das würde nachher geschehen sein, meinte Rolfs. Aber es sei unverantwortlich, ein so präch=

tiges Tier gleichsam auf den Markt zu bringen. Er notierte sich den Namen des Käufers; die Aktien für Sultan seien gestiegen. Der Korpsdiener habe sich beim letzten Kommers total betrunken, wobei die neue Livree ebenfalls zu Schaden gekommen .. und da wolle man doch lieber einen Hund haben als solch ein Schwein. Rolfs blickte beim Vorübergehen häufig in den Spiegel und wunderte sich, daß mir nichts an ihm aufgefallen sei. In der That, er hatte einen Schmiß über die Nase und der erste Freund hatte sich in sein Album leserlich eingezeichnet. Er hatte seinen Gegner aber ebenfalls „abgeführt", wie er mir mitteilte und siegesfreudig klirrte er mit den Sporen im Zimmer umher.

Als ich diesen mutigen Jüngling so auf- und abgehen sah, kam mir ein Gedanke; wenn Fräulein Rebisch sich von mir verleugnen ließ, diesen als Claquechef vielversprechenden jungen Mann würde sie doch gewiß annehmen und man könnte sie in dieser Weise überrumpeln. Dann solle er sie in meinem Namen fragen, ob Sophie Wendig eine verheiratete Frau sei und warum man mir das verschwiegen. Rolfs übernahm den Auftrag mit Vergnügen, er wollte die Schlange in ihrem Boudoir erwürgen, wenn sie ihm heimtückisch etwas vorzischen sollte, er werde gleich hingehen. Als er schon zur Mütze gegriffen, teilte er mir noch mit, daß Doktor Meuterer wegen seines Artikels über die Philosophie des Unbewußten und das verschleierte Bild von Sais von dem betreffenden Professor verklagt worden sei und wahrscheinlich werde sitzen müssen, denn der Mann sei ein einflußreicher Gelehrter und habe unter den Gerichtsräten sehr warme Freunde.

Als Rolfs mich verlassen, überlegte ich, wie ich mir die Sippschaft ganz vom Halse schaffen könnte. Mein Kontrakt war nicht klar genug abgefaßt und ich beschloß, mir bei einem Rechtsanwalt Rat zu holen. Ich hatte oft von Rechtsanwalt Lauter sprechen hören; er war ein Verwandter von Bertha, der Bruder ihrer Mutter und galt für einen ausgezeichneten Juristen.

Den ganzen Tag erwartete ich Rolfs ... er kam nicht. Wieder erreichte meine Ungeduld den Siedepunkt; da erschien der Postbote und brachte mir einen Brief. Welch' merkwürdiges Zusammentreffen ... er war vom Rechtsanwalt Lauter, welcher mich bat, morgen in bringlicher Angelegenheit bei' ihm zu erscheinen.

Wieder eine schlummerlose Nacht ... warum kam Rolfs nicht wieder ... was wollte der Rechtsanwalt von mir? Mit diesen ungelösten Rätseln beschäftigt, hörte ich die Turmuhr eine Stunde nach der anderen schlagen, bis es in der Küche der Frau Tummel laut wurde. Ich stand ärgerlich und verschlafen auf. Rolfs kam ebensowenig, wie ein Brief der roten Käthe ... ich machte mich zur angegebenen Stunde auf den Weg zum Rechtsanwalt.

Ich fand einen Mann mit etwas struppigem Haar und barschem Ton, der aber etwas sehr Resolutes in seinem ganzen Wesen hatte. Er nötigte mich, auf einem mit Leder überzogenen Sessel in seiner Arbeitsstube Platz zu nehmen, holte dann ein großes Convolut von Akten herbei, in welchen er herumblätterte, nicht ohne gelegentlich darüber hinweg seine Blicke auf mir ruhen zu lassen, dann warf er den Stoß auf den Tisch, im höchsten Grade verdrossen und sagte dann zu mir:

„Junger Mann, Sie haben mit Ihren unschuldigen Mienen genug Unheil angerichtet. Eine arme Frau um 60 000 Mark zu bringen, das ist ja fast ein Verbrechen."

„Ich .. 60 000 Mark .. eine arme Frau .." stammelte ich erstaunt, „ich weiß von nichts!"

„Und sie waren ihr schon sicher .. unnehmbar sicher .. Da kommen Sie dazu, und alles fällt über den Haufen. Der ganze schon gewonnene Prozeß .. ei, ei, Herr Rotpfennig, das ist ein bodenloser Leichtsinn."

„Ich höre zum erstenmale von einem Prozeß ... Herr Rechtsanwalt .. ich bitte Sie, erklären Sie mir ... was ist vorgegangen."

„Leichtsinnige Streiche ... man verzeiht dergleichen der Jugend, wenn nichts weiter auf dem Spiele steht; doch wenn ernste Interessen gefährdet und ruiniert werden, da hört der Spaß auf. Ihr Besuch bei Frau Fährich .."

„Frau Fährich? Ich kenne keine Frau Fährich."

„Leugnen Sie doch nicht ... Sie stehen ja hier nicht vor dem Kriminalrichter, obschon in diesem Falle die Thüren aus dem Zivilprozeß in den Kriminalprozeß immer offen stehen. Vor etwa acht Tagen verweilten Sie bis kurz vor Mitternacht bei einer Dame in der Parkstraße."

„Sophie Wendig?" fragte ich in ängstlicher Erwartung.

„Allerdings . . . Frau Fährich wollte thörichterweise zum Theater gehen und dann diesen Namen annehmen. Sie scheinen allerdings über sehr Vieles im Dunkeln zu tappen," fügte er dann hinzu mit einem Lächeln, das mir gar nicht gefiel, denn es lag darin etwas Geringschätziges.

„Ich begreife freilich noch immer nicht," sagte ich.

„Aus dem Büreau des Rechtsanwalts der Gegenpartei erhalte ich stets genaue Nachrichten. Der erste Beamte war früher bei mir. Auch triumphiert mein Kollege in S. jetzt in einer Weise, die es ihm willkommen erscheinen läßt, wenn ich so früh wie möglich von meiner unvermeidlichen Niederlage Kenntnis erhalte. Das Vermögen, das ich der Frau Fährich sicher zu erstreiten hoffte, ist verloren . . . und zwar durch Sie!"

„Durch mich?" fragte ich ganz bestürzt.

„Hören Sie mich, junger Mann, ich kann hier nicht in das Detail gehen. Ich führe den Ehescheidungsprozeß der Frau Fährich gegen ihren Gatten . . . er ist der schuldige Teil . . . das ist so sonnenklar erwiesen, daß mein juristischer Scharfsinn dabei nicht weiter in Frage kommen konnte; er ist ein vermögender Mann und müßte als Strafe den vierten Teil seines Vermögens der geschiedenen Ehegattin auszahlen, sobald der Prozeß zu Ende ist."

„Die arme Frau," sagte ich, „das ist doch wenigstens ein Trost für sie!"

„Den Sie ihr aber grausam geraubt haben. Der Gatte suchte natürlich diese beträchtliche Quote seines Kapitals zu retten und dies war nur dann möglich, wenn auch seine Frau für den schuldigen Teil erklärt werden konnte. Da sie schon getrennt lebten, ließ er natürlich alle ihre Schritte beobachten. Endlich hatten diese Beobachtungen den gewünschten Erfolg. Ihre neuliche Zusammenkunft mit der jungen Dame . . ."

„Unmöglich," rief ich aus, „ich selbst hätte sie ins Unglück gestürzt?"

„Erzählen Sie mir wahrheitsgemäß, was neulich vorgegangen . . . verschweigen Sie mir nichts . . . ich muß alles wissen, im Interesse meiner Klientin."

Ich berichtete alle meine Erlebnisse mit einer Aufrichtigkeit, als säße ich im Beichtstuhl. Der Rechtsanwalt schüttelte oft den Kopf, er unterbrach meinen Bericht mit einigen Zwischenfragen, deren Beantwortung ihm sehr mißfiel, besonders als ich erwähnte, daß Katharina Rebisch mit dem Hausschlüssel zurückgekommen sei und an der verschlossenen Thür des Zimmers gerüttelt habe. Nachdem ich meinen Bericht beendet, verharrte der Rechtsanwalt in längerem Schweigen.

„Es ist nichts mehr zu machen," sagte er, „der Leichtsinn meiner Klientin und ihr thörichtes Vertrauen auf ihre Freundin haben das Unheil herbeigeführt; auch muß sie wirklich Neigung für Sie, junger Mann, empfunden haben. Nach den Mitteilungen aus S. und Ihrer Erzählung ist mir der Zusammenhang jetzt vollkommen durchsichtig. Herr Fährich ist ein intriganter Herr und ihm ist jedes Mittel recht, das zum Ziele führt. So wissen Sie denn, junger Mann ... diese Katharina Rebisch stand in seinem Solde; er hat ihr gewiß eine nicht unbeträchtliche Quote des in Frage kommenden Vermögensanteils zugesichert, wenn es ihr gelänge, eine Schuld seiner Frau nachzuweisen. Sie hat sich in ihr Vertrauen gedrängt, sich ihrer ganz bemächtigt, anfangs ohne rechten Erfolg ... Da erscheinen Sie auf dem Plan und der Würfel kam ins Rollen. Der Hauptagent des Herrn Fährich am hiesigen Platz ist aber ein Herr Wägler, der mit der Rebisch in vollem Einverständnis war. Er hat belauscht, wie Sie in das Häuschen gelangten — er lauerte noch im Gebüsch, wie Sie kurz vor Mitternacht wieder herauskamen. Die Rebisch hat Sie ja selbst eingeführt; sie kann beschwören, daß das Zimmer der Frau Fährich verschlossen war. Das genügt ... ich bin am Ende meines Latein!"

„Doch ich schwöre", rief ich außer mir.

„Man wird sie garnicht schwören lassen ... die beiden Zeugen genügen. Ich danke Ihnen, Herr Rotpfennig, für Ihre freundlichen Mitteilungen, obschon ich tiefbekümmert einsehe, daß alle meine Bemühungen zu Gunsten der Frau Fährich sich jetzt als erfolglos beweisen. Ich habe die traurige Pflicht, meiner Klientin mitzuteilen, . daß für Sie nichts mehr zu retten. Wenn indes Herr

Fähric) die Prozente der auf dem Spiel stehenden Summer nach Verdienst dem Würdigsten zukommen lassen will, so müssen Sie, Herr Rotpfennig, jedenfalls den Löwenanteil erhalten. Leben Sie wohl, mein Herr! —"

Ich stand auf, verbeugte mich wie eine Marionette und weiß selbst nicht, wie ich die Treppe herunterkam. Ich eilte wie sinnlos über die Straße, die Vorübergehenden starrten mich an, denn ich machte den Eindruck eines Irrsinnigen. Katharina ... eine Verräterin ... Herr Wägler ... ein Schurke! Sie aber, Sophie, war schuldlos, und wenn eine kleine Schuld sie traf, so war es ihre Liebe zu mir. Der Rechtsanwalt hatte dies ja selbst zugegeben. Die Juristen sind findige Leute. —

Mich selbst, mein ganzes Vermögen, mußte ich ihr zu Füßen legen, um zu sühnen, was ich willenlos an ihr gesündigt. Doch warum verschwieg sie mir ... gleichviel, ich bin der Schuldige, der sie um ihre künftige Existenz betrogen hat.

Wie bei jedem Schritt, den ich über die Straße that, meine Liebe zu ihr wuchs, so auch mein Haß gegen Katharina und ihre Helfershelfer. Da, als ich um die Ecke bog, kam eine offene Droschke im scharfen Trabe vorübergefahren .. und wen erblickte ich darin? ... Die hassenswerte Katharina und an ihrer Seite ... meinen Freund Rolfs, der sich aufs Angelegentlichste mit ihr unterhielt. Und mir hat er nicht einmal geantwortet! Da hab' ich wieder einmal etwas Gutes angerichtet, dieser roten Käthe ein neues Opfer ins Netz gescheucht. Zwei Stunden irrte ich im Park umher. — Das epheuumwachsene Häuschen lockte mich magisch an ... jetzt brauchte ich keine Rücksichten mehr zu nehmen ... ich klopfte an ... Fräulein Sophie Wendig war nicht anwesend. Ich eilte nach Hause und schrieb einen Brief voll glühender Liebesbeteuerungen ... bot ihr mein Vermögen und auch mein Herz. In fieberischer Spannung erwartete ich die Antwort. Ich thue nur meine Pflicht! ... Für meine Verlobungsanzeige wäre mir freilich die unverehelichte Sophie Wendig lieber gewesen, als die geschiedene Frau Fähric). Doch man heiratet ja nicht um der Leute willen, sondern aus Liebe und für sich selbst.

Den 10. Dezember.

Matt und schwach sitze ich am Fenster und sehe in das Schneegestöber draußen. — Eine traurige Zeit liegt hinter mir — vergebens hatte ich auf eine Antwort von Sophie gehofft — sie blieb aus. So hatte mir Katharina nicht geantwortet... ebenso wenig Rolfs. Alle Welt vergaß mich oder hielt es nicht der Mühe wert, sich um mich zu kümmern. Das drückte mich tief darnieder und brach meinen ganzen Mut. Ich wurde bettlägerig krank. — In den ersten Tagen meiner Krankheit erhielt ich eine Vorladung als Zeuge in dem Prozeß gegen Meuterer — ich konnte natürlich nicht ablehnen. Dabei fiel mir indes ein, daß ich's vergessen, beim Rechtsanwalt mich zu erkundigen, wie ich von meinen Beziehungen zu diesem Gesellen freikommen kann. — Meine Krankheit nahm zu... ich lag in heftigen Fieberdelirien und tagelang ohne Bewußtsein. — Frau Tummel pflegte mich in aufopfernder Weise. Das merkte ich in meinen lichten Augenblicken. Von unbekannter Seite wurden mir die schönsten Kompots und andere Erquickungen zugeschickt... und ich besann mich gesehen zu haben, wie eine verschleierte Dame an meinem Bette saß. Frau Tummel behauptete freilich, das sei eine Vision gewesen, ich könnte nur sie selbst gesehen haben, obschon sie in der Regel nichts Verschleiertes an sich habe; dabei nestelte sie wieder an den Knöpfen ihrer Nachtjacke.

Mir war sehr wüst im Kopf, als ich mich wieder vom Lager erhob. Ich wußte nicht, sollte ich das alles geträumt haben... von Sophie und Katharina, Lulu und Sultan, Wägler und Fiebe, Kröber und Meuterer, mir flimmerte das alles vor den Augen. Die eine Thatsache stand fest — es war auch in der langen Zeit meiner Krankheit kein Brief von Sophie an mich abgegeben worden. War mein Schreiben verloren gegangen? Auf solche Briefe pflegt man doch zu antworten. Ich bin noch zu schwach. Die Feder zittert in meinen Händen, und ich habe ja diesen Blättern nichts anzuvertrauen, nichts als den Kummer über mein befetztes Leben und meine Schwärmerei für die unbegreifliche Sophie.

Den 15. Dezember.

Der Tag ist gekommen, der alles Verworrene klärt,

der mein Leben wieder in helleren Sonnenschein rückt..
wenn auch die Wintersonne zunächst nur ein mattes Licht
wirft. Ich durfte wieder ausgehen, mit Vorsicht natürlich,
und ich fühlte mich durch die frische, wenn auch etwas
neblige Luft erquickt. Da erhielt ich wieder einen Brief
vom Rechtsanwalt Lauter, der mich zu sich einlud. Ich
wollte wieder an seine Büreauthüre anklopfen, — da wies
mich das Mädchen nebenan in einen eleganten Empfangssalon
... ich konnte mir nicht erklären, was man von mir
wollte. Es konnte sich doch nur um geschäftliche Angelegen=
heiten handeln und dafür war doch das Büreau bestimmt.

Das Rauschen eines Kleides im benachbarten Salon
... eine Dame tritt ein ... ich machte unwillkürlich
eine tiefe Verbeugung. Da hörte ich plötzlich ein heiteres
Lachen, ich blickte auf und ich entdeckte, daß ich es jetzt nicht
nötig hatte, einen Knoten in mein Schnupftuch zu machen,
denn Bertha stand vor mir.

Sie hatte ein eleganteres Kleid an, als sie in unserem
Städtchen trug ... sie kam mir stattlicher, vornehmer vor.
Ihre dunklen Haare, ihre blauen Augen ... es war doch
ein schönes Mädchen, ganz anders als die goldige Sophie
Wendig — nicht so pikant — dafür aber auch wirklich und
wahrhaftig unverheiratet. Ich schlug die Augen nieder, als
ich sie erkannte, denn ich hatte ein böses Gewissen ihr gegenüber.

„Ich freue mich, lieber Fridolin," sagte sie, „daß du
von deiner Krankheit dich wieder erholt hast und wünsche
dir herzlich Glück dazu." Sie streckte mir ihre Hand ent=
gegen, die ich herzhaft drückte ... es war eine recht zarte
Hand, ganz wie die Sophiens ... ich hatte dies früher
nicht bemerkt ...

„Seit wann bist du hier in der Hauptstadt," fragte ich.

„Ungefähr so lange wie du," sagte sie mit schalk=
haftem Lächeln.

„Aber das ist doch unerhört, mir davon nichts zu
sagen ... auch Mütterchen hat mir's verschwiegen, und da
sie sich der Unwahrheit schämte, deine Grüße nur unten in
die Ecke ihrer Briefe geklemmt. Ich hatte ja keine Ahnung
davon ... das war unrecht, sehr unrecht."

„Lieber Freund," sagte Bertha, wenn jemand in die
Hauptstadt zieht, um dem kleinlichen Treiben der Provinz

zu entfliehen, da wäre es ja rücksichtslos, wenn die Provinz ihm nachgereist käme und sich ihm auch dort aufdrängte. Du wolltest ja neue Bekanntschaften machen . . . und es ist dir auch glücklich gelungen . . . da wollte ich doch als ausrangierte Jugendgespielin nicht in den Weg treten."

„Ich hätte mich aber doch sehr gefreut . . . und du . . . so gleichgiltig gegen mich zu sein."

„O, glaube das nicht . . ich habe mich sehr für alles, was dich betrifft, interessiert: ich war von allem genau unterrichtet . ."

„Und durch wen in aller Welt?"

„Durch deine Hauswirtin, Frau Tummel, die hier als alte Bekannte bei uns ein= und ausgeht."

„Und davon hat mir die Frau kein Wort gesagt . . ich war ja hier verkauft und verraten."

„Und wenn die Welt voll Teufel wär' und wollten mich verschlingen, — sagt Martin Luther — und viel anders ist es nicht — allein wir gehören nicht zu dieser Sorte, lieber Freund, wir gehören mehr zu den geflügelten Schutz= engeln, welche ihre Flügel ausbreiten über die irrenden Sterblichen. Doch — lassen wir das. — Mein Onkel, der Rechtsanwalt, der heute verhindert ist, hat mich gebeten, dir einige Mitteilungen zu machen, die jedenfalls von Wichtig= keit sind. — Er hat mich darum gebeten, in der thörichten Meinung, daß der unangenehme Beigeschmack dieser Ent= hüllungen minder merklich sein würde, wenn sie von meinen Lippen kämen. — Setze Dich also und höre! — Du liebst Sophie Wendig . . ?"

„Doch das gehört wohl nicht hierher," versetzte ich sehr verlegen. —

„Das gehört mit zu den Akten, lieber Fridolin, und ich gehöre jetzt zur Justiz. Sophie Wendig ist vorgestern von ihrem Gatten geschieden worden. Die Schuld ist kom= pensiert, wie mein Onkel sagt, sie erhält den Vermögens= anteil nicht ausgezahlt."

„O, ich Unglücklicher", rief ich angsterfüllt aus, „jetzt tritt die Pflicht an mich heran", — doch sie antwortet ja nicht.

„Sophie Wendig hat gestern Abend die Stadt verlassen."

„Ohne ein Wort des Abschiedes? Unbegreiflich!"

„Lieber Fridolin, es giebt eine Sorte von Frauen,

deren Wege stets unbegreiflich sind. — Ich sehe, du bist ganz außer dir, und du hast ganz Recht, dir Vorwürfe zu machen, denn in der That hast du sie um jene beträchtliche Summe durch deinen auffälligen Besuch gebracht. — Du siehst, ich weiß alles."

„Es war noch Abend", versetzte ich kleinlaut.

„Doch die Abende haben die Eigentümlichkeit, sich allmählich in die Nacht zu verwandeln."

„Ich beteure feierlich . . ."

„Laß das, lieber Fridolin, ich bin nicht dein Richter hier, und wenn ich Richter wäre, so würde ich mir ein Urteil bilden, nicht ohne Ansehen der Person, wie man immer sagt, sondern mit Ansehn derselben. Ich kenne dich — und von Sophie Wendig weiß ich, daß sie eine raffinierte Kokette ist, durch meinen Onkel."

„Das ist Verleumdung", rief ich entrüstet, „sie ist ein schönes Mädchen, oder vielmehr eine schöne Frau, die Geist und Herz besitzt und edler Empfindungen fähig ist; sie hat ja ein Recht mich zu hassen . ."

„Das Recht hat sie durchaus nicht, denn sie hat dir mit ihrem Künstlerroman einen Hokuspokus gemacht und du hattest ja keine Ahnung von ihrer Ehe. Wenn diese raffinierte Person . ."

Meine Stirne legte sich in Falten.

„Entschuldige nur, daß ich Alles und Alle beim richtigen Namen nenne. Wenn also diese raffinierte Person sich selbst Schaden zugefügt hat, so liegt das daran, daß sie noch einer raffinierteren, der Katharina Rebisch, ihr Vertrauen schenkte. Das ist ihre Schuld . . . nicht die deine. Sie vertraute ihr in diesem Fall, weil sie dir gegenüber sich nichts vorzuwerfen hatte, und die Begegnung als eine ganz harmlose erschien. In einem anderen Falle, wo es sich um weniger harmlose Begegnungen handelte, hat sie auch ihre Katharina nicht ins Vertrauen gezogen."

„Wovon sprichst du denn?"

„Nun, deine Sophie ist gestern mit einem Anbeter durchgegangen!"

Unmöglich!"

„Doch nicht so blindlings, wie man sich in ein Abenteuer stürzt; ihr Anbeter, der junge, reiche Lindwurm, hat ihr zunächst ein Heiratsversprechen und dann eine Schenkung gemacht, bei der es sich um viel bedeutendere Summen handelt, als dein ganzes Vermögen beträgt; beide Aktenstücke sind rechtsgültig von meinem Onkel aufgesetzt worden und da Lindworms Vater gegen diese Ehe ist und sich diesmal selbst durch die Pariser Mama nicht einschüchtern ließ, so ist Sophie mit Lindworm Sohn nach Paris durchgegangen, vielleicht erhalten sie dort wenigstens den Segen der Pariser Mama."

„Und das Alles weißt du bestimmt?"

„Onkels Akten sprechen deutlich genug . . . und enthalten keine Romankapitel."

„Doch wie war das möglich . . . bei ihrem einsamen Leben . . . bei ihrer Zurückgezogenheit . . . sie verkehrte ja nur mit ihrer Freundin."

„Und auch diese hat sie getäuscht . . . Ihre Zusammenkünfte mit dem jungen Lindworm wurden stets geheim gehalten . . . in einer entlegenen Straße zur Nachtzeit. Er hat es jetzt selbst meinem Onkel gebeichtet, welcher diese Klientin zwar für eine sehr feine Dame hielt, aber sich doch ärgerte, daß er so eifrig für diese schuldlose Ehegattin plaidiert hatte."

Da fiel mir auf einmal aufs Herz, daß ich ja selbst Sophie belauscht, wie sie zu nächtiger Stunde sich in eine Droschke gesetzt und in die Stadt hinein gefahren war. Ich wurde sehr kleinlaut . . das Glorienbild begann immer mehr zu zerfließen . . ein Strahl des Heiligenscheins erlosch nach dem andern. Gleichwohl klammerte ich mich an meinen letzten Strohhalm.

„Doch was in aller Welt bewog sie denn, mich in ihr Netz zu locken? Und sie war doch so freundlich, so herzlich gegen mich?"

„Sie hat dich wohl geküßt?" sagte Bertha mit einer Naivität, die mir etwas kleinstädtisch vorkam. Noch kleinstädtischer war es aber, daß ich bei dieser Frage tief errötete.

„Lieber Fridolin . . darüber schweigen unsere Akten: doch nach Allem, was mir Onkel gesagt, und dem, was der geschwätzig Lindworm ausgeplaudert, kann ich mir ungefähr einen Vers daraus machen. — Du warst der Notnagel . . ."

„Du scheinst wirklich sehr gering von mir zu denken",

sagte ich mit innerster Empörung; „ich leide nicht an Größenwahn, mich so ganz als ein klägliches Subjekt bei Seite zu schieben."

„Ich will ja nur die Gedanken jener Damen erraten. Du bist ja kein übler Junge, Fridolin, und du magst der roten Käthe und der goldigen Sophie sehr wohl gefallen haben, sonst hätte man dir die wichtige Stelle eines Notnagels nicht eingeräumt. Es gab eine Zeit, wo Sophie ihres leidenschaftlichen Anbeters nicht ganz sicher war. Der junge Lindwurm ist kein großer Held; der Kampf mit seiner Familie wurde ihm unbequem, man sprach schon von einer anderen Verlobung, da kamst du in den Gesichtskreis der jungen Dame . . spieltest dich als den leidenschaftlichen Liebhaber auf. Man beschloß ein examen rigorosum mit dir anzustellen . . gewiß hat doch Sophie bei jener Zusammenkunft sehr genau nach deinen Vermögensverhältnissen gefragt?"

Ich mußte es zugestehen und bekennen, daß der ahnungsvolle Engel Bertha auch hierin das Richtige getroffen.

„Das Resultat des Examens war nicht so glänzend, wie du in deiner Eitelkeit vielleicht glauben mochtest. Paris, das Ziel ihrer Wünsche, war verlockender als das kleine Nest, in welches sie an deiner Seite hätte ziehen müssen. Sie bot jetzt den ganzen Zauber ihrer Liebenswürdigkeit auf, um den jungen Millionär zu fesseln. Von dir hat sie ihm jedenfalls auch erzählt, um seine Eifersucht zu erwecken; sie wird gesagt haben, daß sie dich vorschiebe, um die Aufmerksamkeit von ihrem Verhältnis mit Lindworm abzulenken . . und um eine Erklärung für den letzten Scheidungsgrund, der ihr so verhängnisvoll geworden, wird sie auch nicht verlegen gewesen sein.

Er war jedenfalls zufriedengestellt, wie das Eheversprechen und die Schenkungsurkunde beweist. So . . nun habe ich dir deine goldige Theerose auseinandergeblättert Blatt für Blatt! Mach was du willst. Tritt darauf herum oder bereite dir daraus ein liebliches Rosenöl der Erinnerung, um dein kleinstädtisches Leben damit zu parfumieren. Ich habe meine Pflicht erfüllt als Veritas."

„Du warst es, Bertha? Und ich ahnte nicht . . ."

„Längst hatte mich mein Onkel nach der Hauptstadt eingeladen, ich folgte dieser Einladung; mich duldete es nicht länger in der kleinen Stadt, in dem stillen Hafen, während du auf der hohen See allen möglichen Gefahren ausgesetzt warst.. ich wollte ein wenig deinen Schutz= geist spielen, kannst du das der Freundin verdenken? Durch Frau Tummel, der du ja dein Herz auszuschütten pflegtest, erfuhren wir alle deine Erlebnisse. — Mein Onkel kannte diese Bande von Agenten: er hatte sie leider öfter in Betrugsprozessen verteidigen müssen. Er hielt sie für aus= gemachte Schurken, doch wen verteidigt nicht ein Rechts= anwalt? Das Restaurant Blauer war schon von früher in seinen Akten; auch das Schwindelgut Rieselau. Er war genau unterrichtet und ich konnte dich warnen. Der Kunst= mäcen, der Theaterdirektor, fragten ihn, ob sie eine Klage wegen Erpressung gegen die „Brennesseln" richten sollten? Er riet davon ab, des Skandals wegen. Uebrigens sind die Brennesseln jetzt eingegangen und du kannst einen Strich machen durch das Kapital, das du im Interesse der guten Sache angelegt hast."

Als das schöne Mädchen so klug, so fest, so energisch sprach, mich mit seinen tiefen Augen so liebevoll ansah, da ging eine wunderbare Wandlung in mir vor; ich sah sie auf einmal anders als ich sie bisher gesehen. Nicht die Genossin meiner Kinderspiele, nicht die Freundin meiner Jugend stand vor mir, nein, ein begehrenswertes Mädchen, das auf einmal meine Pulse höher schlagen machte.

„Du hast für mich gesorgt ... du allein, Bertha ... ich danke dir."

Ich sagte es gerührt und drückte die Hand. Da er= widerte sie, und eine Thräne schimmerte in ihrem Auge:

„Sollt' ich nicht für meinen guten Kameraden sorgen, dem die böse Welt so grausam mitgespielt, der in seiner Herzensgüte aus einem Irrgarten in den andern taumelte? Und es griff mir ans Herz, wie er so matt und schwach dalag in seinen Fieberphantasien."

„Du warst es, die an meinem Lager saß, du warst die verschleierte Dame?"

„Ich habe dich gepflegt wie eine treue Schwester und Freudenthränen geweint, als du wieder genesen warst."

Bertha, liebe Bertha. Und dich konnt' ich vergessen? Und diese Küsse, die ich Sophie gegeben ..."

„Was kümmert's mich? Hab ich ein Recht auf deine Küsse?"

„Du hast es, du sollst es haben, jetzt und immer!" Und ich schloß das liebe Mädchen an mein Herz und der Bund der Freundschaft wurde ein Bund der Liebe.

Ein Jahr ist verflossen, seitdem ich diese Aufzeichnungen niedergeschrieben. — Ich habe das Jahr auf einer landwirtschaftlichen Akademie studiert . . . ein Onkel von mir macht mich zum Verwalter seines Gutes; er will sich demnächst ganz zurückziehen. — Und ich werde es ihm abkaufen. Das ist kein Schwindelgut und ich habe Tüchtiges gelernt und freue mich auf eine Segen bringende Wirksamkeit. Seit einigen Tagen ist Bertha meine Frau; ich wußte garnicht, daß ich darum so beneidet werden würde . . . sie galt ja für das schönste Mädchen der Stadt . . . ich hatte nie darüber nachgedacht. Doch, was die Zukunft auch bringen mag, — nie werd' ich's vergessen, daß sie mich als mein Schutzengel begleitet und den modernen Rothäuten meinen Skalp streitig gemacht hat. — Den künftigen Rotpfennigen werde ich erzählen, was ihre Mutter gethan und sie warnen, die Pfade zum Eisenhammer zu wandern, wo Vater Fridolin fast im glühenden Ofen besorgt und aufgehoben gewesen wäre.